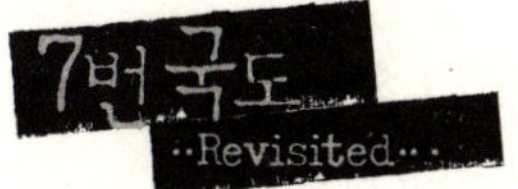

7번 국도
··Revisited··

김연수 장편소설

문학동네

차례

된장찌개 국물에 반쯤 잠긴 두부

"여기 언제 이사 왔어요?"

세희가 양쪽 귀에서 이어폰을 빼내며 물었다. 기타 소리가 지글거렸다. 카세트테이프는 하나뿐이어서 늘 세풀투라의 노래를 듣는다고 했다. 엎드려 손가락으로 침대를 두들기며 세풀투라의 노래를 듣는 세희를 바라보다가 등에도 표정이 있다는 것을 처음 알았다. 미래를 생각하게 만드는 등이랄까. 먼 미래는 아니고 한 십 년 후 정도. 그땐 우리 어디서 무엇을 하고 있을까 같은, 여자와 나란히 누워 있을 때면 곧잘 머릿속에 떠오르는 감상적인 질문들의 목록. 그 다음에는 텐 이어즈 애프터의 노래가 떠올랐다. 〈나는 세상을 바꾸고 싶었어요〉.

"한 달도 안 지났어. 아무리 정리해도 어수선해. 아는 사람 집에 놀러 온 것 같아."

말은 그렇게 했지만…… 여기저기 제멋대로 맥주캔이며 CD를 던져놓은, 그 아는 사람이 바로 나라는 건 분명했다. 잠에서 깨어나 옆에 여자가 누워 있는 걸 보게 된 남자라면 다들 그렇겠지만, 그날 나는 내가 좀 낯설었다. 나는 바지를 찾아 입고 냉장고까지 걸어갔다. 문을 열어 물을 꺼내기도 전에 "나도요"라는 목소리가 등 뒤에서 들렸다. 그 몸을 닮아 마른 목소리였다.

"생각해보면 그건 자기 집이 있는 사람이나 할 수 있는 말이잖아요. 여기, 그럭저럭 살 만한 집만 보면 꼭 우리 집 같다며 호들 갑 떠는 사람도 있다구요."

세희는 내가 건네는 컵을 받았다. 길게 두 번에 걸쳐 물을 들이 켜더니 그녀는 이불을 끌어당겨 몸을 감쌌다. 물의 냉기 때문에 몸이 움츠러든 모양이었다.

"우리 집? 듣기 좋은 말이네."

"뭐가요?"

"우리라는 말. 복수형이잖아. 적어도 둘 이상이 사는 집이라는 뜻이지. 혼자 살면 그렇게 말할 순 없는 거겠지."

"집이라는 게 원래 여럿이 북적대는 곳이잖아요."

"그래서 여기가 남의 집 같았나?"

나는 방 안을 둘러봤다. 아무래도 잘 모르는 여자애가 내 침대에 누워 있기 때문에 그런 낯선 기분이 드는 게 분명했다. 나는 리모컨으로 라디오를 켰다. 혼자 있을 때, 라디오를 틀어놓는 건 습

관이었다. 라디오는 대꾸하지 않아도 혼자 잘도 떠들어대니까. 정시가 가까워졌는지 라디오에서는 시내 교통상황을 안내하고 있었다. 여러 길들의 이름이 나왔다. 노들길, 강변북로, 동부간선도로, 군자교, 달래내고개 등등. 가본 길도 나왔고 이름만 아는 길도 나왔고, 가본 적도 이름을 들어본 적도 없는 길도 나왔다. 교통상황을 전해 듣고 있노라면 언급된 모든 길마다 자동차들이 달릴 뿐만 아니라 어떨 때는 주차장에 서 있는 자동차들처럼 그 길들을 빼곡하게 메우고 있다는 사실을 알 수 있었다. 리포터의 목소리에서는 나로서는 상상조차 할 수 없는 거대한 의지를 전달한다는 느낌이 들었다. 죽음마저도 포함하는 생명의 기운 같은 것. 그런 어마어마한 생기에 비하면 나란 인간의 외로움이란 참 하찮은 것이었다. 언젠가 나는 죽을 것이다. 하지만 그 다음날 아침에도 어떤 길은 소통이 원활할 것이고, 어떤 길은 자동차들이 길게 꼬리를 물고 서 있을 것이다. 한 사람쯤 사라졌다고 해서 이 세계가 크게 바뀌지는 않는다. 그 사실을 알고 난 뒤부터 나는 외롭다기보다는 고독해졌다. 다른 사람들은 눈치채지 못할 정도로만.

"재현 오빠에게는 얘기하지 마세요."

침대에 누워 나를 올려다보면서 세희가 말했다. 그건 혼자 라디오를 듣는 일보다 훨씬 더 나를 고독하게 만드는 말이었다.

"무슨 얘기?"

"그냥…… 이 집에서 내가 잤다는 얘기."

고독이 먼저였는지, 비로소 그녀가 여자처럼 느껴졌다는 생각이 먼저였는지 알 수 없었다.

"다른 사람의 수면활동 같은 사생활에 대해서는 떠들고 싶지 않아."

"수면활동? 그런 얘기가 아니잖아요."

"그럼 무슨 얘기인데?"

세희는 몸을 일으켜 앉아 내 얼굴을 빤히 쳐다봤다.

"어쨌든. 내 말은, 이건 아무런 의미도 없다는 뜻이에요."

"나도 알아. 무의미한 취침이었어. 됐니?"

그러다가 나는 세희의 입술에 키스했다. 세희는 몸을 움찔거렸지만, 내 입술을 피하진 않았다. '이렇게 좋으면 안 되는데……' 라는 생각이 들었다. DJ와 게스트가 오랫동안 떠들어댔다. 입을 떼고 세희는 내게 지난밤에 꽤 귀여웠다고 말했다. 나는 좀 창피하다는 생각이 들어서 그 말을 못 들은 척했다. 세희는 아르바이트 가기 전에 한 시간만 잘 테니 꼭 깨워달라고 말했다. 샤워를 하고 나왔더니 세희는 죽은 사람처럼 눈을 감고 있었다. 나는 그녀의 얼굴을 한참 들여다봤다. 어떻게 보면 젊은 여자였지만, 또 어떻게는 늙은 여자처럼 보였다. 눈동자가 REM 상태를 보였다. 두 눈을 감은 채로 세희가 오른손을 들었다. 그 손에 내 얼굴이 부딪혔다.

식료품을 사러 간 아파트 상가 지하 슈퍼마켓에서 나는 세희의 특징에 대해 생각해봤다. 스물두 살. 하지만 아무리 봐도 중학생처럼 어딘지 미성숙한 차림새. 대를 이은 가난의 흔적이 아니라면, 불우한 환경의 그림자랄 수 있는 무표정. 이따금 만들어낸 것이라는 게 너무도 분명한 웃음. 그 모든 것들을 일거에 뒤집고 싶은 욕망이랄 수 있는 대담한 행동. 하지만 어디까지나 순수하기만 한 얼굴의 점들, 몇 개의 점들. 그리고 너무나 사적인 욕구를 불러일으키는 등과 가까이에서 들여다봐야만 보이는 노파의 표정. 내가 그녀를 제대로 본 것인지 확인할 방법은 없었다. 다만 그런 걸로는 세희가 좋아할 만한 음식을 추측할 수 없다는 건 분명했다.

나는 다시 시작했다. 스물두 살. 학비 문제로 대학교는 중퇴한 상태. 카트를 밀고 가면서 일단 야채들을 담았다. 양상추, 당근, 피망, 감자, 양파, 브로콜리. 고향이 서울인데도 집을 나와서 친구 집에서 지내며 밤에는 편의점에서 아르바이트를 했다. 생선 코너를 지날 때는 꽁치와 오징어를 집었다. 결정적으로 만취했을 때, 취중진담처럼 자신이 남자를 사랑하는 일은 절대로 없을 것이라고 말했다는 점. 거짓말에 능하다는 상당히 강력한 증거였다. 그런 복잡한 추리과정을 거쳐서 우리가 먹을 음식은 결정됐다.

요리는 네시쯤 끝났다. 몸을 흔들어 깨우자, 세희는 기지개를 켰다. 그녀는 가스레인지 위에서 끓고 있던 냄비를 열어보더니 손뼉을 치며 좋아했다.

"어머, 내가 제일 좋아하는 음식이 된장찌개 국물에 반쯤 잠긴 두부인데."

그렇군. 그런 음식을 좋아하는군. 된장찌개 국물에 반쯤 잠긴 두부라. 문득 내가 양념치킨을 배달시켰어도 그렇게 좋아라 박수 쳤으리라는 생각이 들었다. 정말 거짓말에 능한 것인지도 모를 일이었다. 밥을 먹는 동안, 그녀는 쉬지 않고 떠들어댔다. 먼저, 편의점에서 함께 일하는 남자는 홍대 앞 클럽신에서는 꽤 이름이 알려진 밴드의 베이시스트인데 성적 정체성이 모호한 사람이면서 여자 보컬리스트와 동거중이라고. 그다음, 편의점 주인인 삼십대 남자는 주변에 주유소도 갖고 있는 알부자로, 명동의 큰손인 엄마와 통화할 때는 아기 목소리를 낸다고. 뭐, 그런 식으로 주로 다른 사람의 숨겨진 비밀에 대한 이야기가 대부분이었다. 하지만 비밀이란 것들이 으레 그렇듯 그 비밀들 역시 듣고 나니 시시해졌다. 그것들보다는 아무래도 거짓말에 능한 것으로 보이는 그녀의 비밀이 나는 훨씬 더 궁금했지만, 알아낼 방법은 없었다. 대신에 나는 소리들을 들었다. 그날의 오후에는 그녀의 목소리뿐만 아니라 창밖에서 초등학생 남자애들이 왁자지껄 떠들어대는 소리, 과일의 종류와 가격을 반복적으로 떠들어대는 확성기 소리, 귀를 기울여야만 간신히 들을 수 있는 하오의 새소리 등도 있었다.

"그러니까, 뭐죠? 혼자서 사는 이 넓은 집은? 별다른 직업도 없는 것 같은데. 혹시 큰손의 둘째아들?"

세희의 말에 나는 정신을 차렸다.

"굳이 그 둘만 놓고 따지자면 난 큰손의 아들이라기보다는 성적 정체성이 모호한 사람에 가까워.”

“거짓말. 다들 비밀 아니면 거짓말뿐이야.”

“원래는 방송국에서 일했어.”

“천재 아역배우였는데, 사춘기를 지나면서 평범해졌다, 뭐 그런 스토리인가요?”

“말하자면, 일종의, 그런 식이랄까. 누구의 인생에나 그런 일들은 일어나니까. 천재였다가 사춘기를 지나면서 평범해지는 일 말이지.”

그러자 세희가 노래를 한 소절 불렀다. 내가 어렸을 때 삶은 너무나 놀라웠지, 라고. 그다음 가사는 다음과 같았다. 기적이었지, 아, 정말 아름다웠고 신기했지, 나무 위의 새들은 모두 행복하게, 즐겁게, 장난치듯이 노래하면서 나를 바라봤지. 나중에 알고 봤더니 그건 된장찌개 국물에 반쯤 잠긴 두부만큼이나 그녀가 좋아하던 노래였다. 제목은 〈논리적인 노래〉.

“나도 논리적으로 말하자면, 피디였어. 종교방송국 라디오 피디.”

“왜 그만뒀어요?”

“계속 다니려면 세례를 받으라고 해서……”

“불교방송국이 아닌 게 다행이었네요. 자칫했으면 머리카락을 죄다……”

“……라고 말할 수는 없고, 어떤 사람이랑 싸우다가 지쳐서 그만뒀어."

"원래 다른 사람이랑 잘 싸워요?"

"잘 안 싸우는데, 싸웠다 하면 잘 져."

"믿을 만한 남자는 아니구나. 그럼 이 집은?"

"이건 아버지의 상속물이랄까."

"이야, 아버지의 상속물이라니. 아직 일 년이 반이나 남았지만, 이건 분명히 올해의 말이다. 세상에 그런 말이 있다는 것도 나는 몰랐네. 도대체 어떻게 하면 그런 상속물을 받을 수 있는 거죠?"

"네가 어떻게 해야 하는 게 아니라 네 아버지가 잘했어야지."

"역시…… 내가 잘한다고 되는 게 아니구나."

밥을 먹고 커피까지 마신 뒤, 세희는 설거지를 했다. 그럴 필요까지는 없었지만, 극구 말리고 싶은 것도 아니었다. 그동안 나는 베란다의 책상으로 가서 이미 납부한 고지서의 영수증을 정리했다. 한참 앉아 있는데 등 뒤에서 세희가 말했다.

"어, 이건 뭐예요?"

돌아보니 세희가 화분을 들여다보고 있었다. 지금도 나는 그 장면이 참 좋다. 그렇게 작고 푸른 나무를 가까이서 보기 위해 쪼그리고 앉은 세희의 옆모습.

"벤자민."

"그게 원래 이 나무 이름이에요, 아니면 지은 이름이에요?"

"원래 나무 이름이 벤자민이래. 그제 샀어. 보고만 있어도 기분이 좋아져."

"근데 되게 쬐그맣네. 이름을 지어주는 게 좋겠어요. 분명히 그래야 잘 클 거야. 아까 보니까 그런 제목의 책도 있던데.『식물의 사생활』. 이름이 있으면 사생활을 관리하는 것도 쉽지 않을까요?"

"잠깐만. 좋은 생각이 날 것도 같은데……"

나는 생각하는 척했다. 그럴 때 난 좀 사악한 인간처럼 느껴졌다. 당연히 아무런 생각도 나지 않았다. 이름이 있어 뿌듯한 나무가 어떨까? 물론 그런 멍청한 소리를 입밖으로 내지는 않았다. 나무 이름으로 어울릴 만한 다양한 명사들을 서른 개 정도 말한 뒤에야 세희는 이제 가봐야겠다고 말했다.

"전철역까진 내가 태워다줄게."

"차 타고 가야 할 만큼 멀지 않잖아요."

"자전거로 데려다준다는 소리야."

"피이."

일산으로 이사하면서 산 중고 미제 허피 자전거가 있었다. 포장도로 주행에 적합한, 전형적인 슬로핑 프레임의 시티 모델이었다. 기어장치는 시마노니까 일제, 안장과 앞바퀴 휠은 국산 코렉스, 페달은 독일제 유니언 제품인, 말하자면 다국적 자전거였다. 내게 자전거를 판 사람은 카투사로 근무하던 군인이었다. 그의 말에 따르면 원래는 주한미군이 타던 자전거였다. 나는 오하이오나 펜실베이니아 같은 시골 지역에서 자전거를 타고 놀던 한 미국 아이가 주독미군이 됐다가 주일미군을 거쳐 다시 주한미군이 되는 기나긴 역정을 상상했다. 물론 실제 그 주한미군의 인생사와는 아무런 관련도 없는, 내 마음대로의 상상이었다.

대충 집을 정리한 뒤, 자전거를 끌고 밖으로 나갔다. 짐받이가 없어 세희는 핸들과 안장 사이 프레임에 비스듬히 걸터앉아야 했다. 세희가 품에 안기듯 프레임에 올라타자, 로션 냄새가 났다.

나는 휘파람을 불면서 페달을 밟았다. 양산을 들고 걸어가던 중년 여자들이 우리를 쳐다봤다. 자전거가 속력을 냈다. 언제나 우리 쪽으로 불어오는 바람.

"오빠 생각이 생각나네."

고개를 돌려 세희가 내게 말했다.

"오빠가 있어?"

사거리에서 크게 왼쪽으로 회전한 뒤에 내가 물었다. 오른쪽에서 달려오던 버스가 우리 때문에 속도를 줄였다.

"아니, 동요 말이에요. 〈오빠 생각〉. 몰라, 오빠가 있었으면 이렇게 태워줬으려나?"

"오빠들은 다른 집 여자애들을 태우고 다녔겠지."

"지금 우리처럼?"

"지금 우리처럼."

들리지 않게, 나는 세희의 말을 되뇌었다. 그 순간, 좌석버스가 경적을 크게 울리며 우리 곁을 스쳐 지나갔다. 한낮의 햇살이 지나간 도로에서 열기가 올라왔다. 자전거를 타고 가는데도 덥다는 생각은 들지 않았다.

전철역에 도착하자, 세희는 자전거에서 내리더니 엉덩이를 문질렀다.

"오빠 생각하는 건 좋은데, 승차감은 별로네."

"집토끼와 산토끼를 다 잡을 순 없지."

"그렇다면 나는 승차감 쪽을."

세희는 잽싸게 손을 흔들고는 지하도로 내려갔다. 나는 그 뒷모습을 쳐다봤다.

반쯤 내려가던 세희가 걸음을 멈추더니 나를 돌아보고는 다시 손을 흔들었다.

"또 놀러 올게요."

세희가 소리쳤다. 그제야 나는 잘 가라고 손을 흔들 수 있었다.

이윽고 계단을 다 내려간 세희가 모퉁이를 돌면서 사라졌다. 나는 팔을 들어 코를 킁킁댔다. 내 몸 어딘가에서 세희의 체취가 나는 것 같았다.

여름이 절정으로 치닫고 있었다. 한 해 중 가장 무더운 나날들이 나를 기다리고 있었다.

네 멋대로 하라

작사·작곡·노래 기형도 혹은 최재현[註]

누구도 우리는 기억하지 않았지 그 누구의

깃발도 따를 수 없었어 우리를 지배한 것은

타오르는 불꽃, 제 살을 제가 사랑한 것일 뿐

아무도, 아무도 기억할 수 없었어

[註] 기형도 혹은 최재현은 최재현의 1인 밴드다. 그런 점에서 기형도는 트렌트 레즈너의 1인 밴드인 나인 인치 네일스를 떠올리게 하기도 한다. 1인 밴드 기형도 혹은 최재현이 이번에 발표한 〈네 멋대로 하라〉는 온라인에서 이미 속주 기타의 달인으로 널리 알려진 대로 최재현의 기타 실력이 유감없이 발휘된 곡이다. 이 곡에서 최재현은 프로그래밍된 차가운 전자음을 배경으로 오버드라이브가 강하게 걸린 따뜻한 기타 소리를 들려준다. 앨범 속지에는 이런 말이 적혀 있다. "20세기는 끝났다. 우리는 이제 빌어먹을 마더퍼커들을 뒤돌아보지 않을 것이다. 음악이 계속되는 한, 나의 기타는 언제나 앞쪽을 향할 것이다. 당신들 쪽으로." 그 호언장담과 달리, 이 곡이 큰 인기를 끈 뒤에도 기형도 혹은 최재현이 기타를

하얀 먼지만이 가로수 사이를 오갔을 뿐,
우리를 구원할 손, 어디에도 없었어 밤이면
단지 목마른 몸, 붉은 십자가 위에 걸렸고
우리의 죄를 사할 자, 아무도 없었으며
우리를 대신해 죽을 자, 아무도 없었으며
우리가 조롱할 자, 아무도 없었으며

네 멋대로 하라 네 멋대로 하라 그것이
다만 꿈이든 삶이든, 눈물 어린 달이든,
머리를 짓누르는 바람이든, 네 멋대로
하라, 다만 꿈이든 삶이든 사랑하는
섬이든, 변심한 숲이든

우리에겐 아무도 없었을 뿐, 그것을 죄라고

들고 공연하는 모습을 본 사람은 아무도 없다. 기형도 혹은 최재현은 여전히 비밀이 많은 1인 밴드다. 속지의 말은 계속 이어진다. "나는 더이상 구닥다리 노래를 부르지 않겠다. 나는 성장하는 대신에 분열할 것이다. 나는 하나이면서 여럿인 존재가 되겠다. 당신들은 나를 최재현이라고 말할 수도 없을 것이고, 말하지 않을 수도 없을 것이다. 나를 가짜라고 말할 수도 없을 것이고, 가짜가 아니라고 말할 수도 없을 것이다. 내가 희망을 노래한다고 말할 수도 없을 것이며, 희망을 노래하지 않는다고……"(비슷한 부정의 문형이 반복되므로 이하 생략)

말하지 않으니 우리에겐 밀려드는 파도도 없었으며
반짝이는 별도 없었으며 눈물 젖은 빵도 없었으며
자식에게 들려줄 무용담도 없었으며 우리 운명을 점칠
출생의 별자리도 없었으며, 다만 그 모든 둥근 눈빛과
고개를 숙이고 거리를 지나가는 몇 개의 겹친 얼굴들

삶을 말하기 전에 굳은 혀로써 슬픔을
말하라 우리를 영원케 하는 그 불꽃을 따라
다시는 돌아오지 못할 강, 그 앞에서 삶이
우리를 값싼 목소리로 흥정하기 전에, 우리의
몸값으로 우리의 몸을 비웃기 전에

네 멋대로 하라 네 멋대로 하라 그것이
다만 꿈이든 삶이든, 우리의 이름을 부르고
우리를 한낱 바람의 자식으로 키운 모든 은혜들을
네 멋대로 하라 다만 꿈이든 삶이든 사랑하는
섬이든, 변심한 숲이든 뭐든

7번국도의 희생자들 ; 리스트(수집순)

7월 말, 포항은 갑자기 지루하고 따분해졌다. 찌는 듯한 더위, 붉은 티셔츠에 각진 모자를 쓰고 걸어다니는 해병대원들, 늘 막혀 있는 좁은 도로, 그 모든 것들은 늘 그대로인데, 왜 하필이면 그때만 그런 느낌이 들었던 것일까? 지금도 그때의 포항을 생각하면 살바도르 달리의 그림이 떠오른다. 시계가 엿가락처럼 늘어진 그 그림. 시간은 앞뒤로 막혀 있고, 따라서 기억도 늘 거기쯤에 멈춰 있다. 항구도시라면 탁 트인 느낌이 들어야 할 텐데, 도대체 포항은 왜 이렇게 답답한 곳으로 기억되는 것일까? 내 기억 속의 포항은 사방이 십삼 미터 높이의 성곽으로 막혀 있고, 바다는 동쪽 아주 먼 곳으로 유배를 떠난 듯한, 뭐 그런 곳이랄까.

포항역 소화물 창구에서 우리는 바코드가 인쇄된 물표를 직원에게 건넨 뒤, 서울에서 부친 자전거를 찾았다. 머리칼이 희끗한 그 직원은 일하는 태도가 시원시원했다. 우리가 땡볕을 받으며 땀을 흘리며 서 있자, 선뜻 문을 열더니 들어오라고 권하기까지 했다. 들어가보니 여느 역의 사무실과 다를 바가 없었다. 뒤쪽 벽에는 전국 소화물 창구 분포도가 걸려 있었고(역이라고 다 소화물 창구가 있는 건 아니었다) 문 옆에는 물표를 주고받을 수 있는 작은 창문이 있었다. 뒤쪽 벽에는 선로로 통하는 다른 문이 있어, 들어가는 문과 나가는 문 사이가 그 사무실이었다. 사무실에는 낡아 빠진 소파 세트와 바둑판이 놓인 낮은 탁자가 있었다. 실내는 무척 시원했다. 에어컨의 성능이 아주 좋았다. 우리는 권하는 대로 생수기에서 냉수를 받아 마셨다. 생수기의 성능도 우수했다.

"올 여름엔 태풍도 오지 않는다두만……"

그렇게 말하고 그는 힐끔 우리를 살폈다.

"자전거…… 여행을 가는 건가?"

우리는 그렇다고 대답했다.

"어디?"

딱히 어디랄 것도 없었다. 그냥 7번국도를 따라 쭉 올라갈 예정이었으니까.

"자전거로?"

놀랐다는 듯이 과장되게 그가 물었다.

"자전거로 7번국도를 따라 올라갈 계획이라고? 7번국도에 가보기는 한 거야?"

가보지는 않았다.

"그렇다면 더욱 곤란하네. 7번국도를 자전거로 여행한다는 건 정말 힘든 일인데 말이야……"

왜냐고, 우리가 물었다.

"위험하니까. 7번국도에서는 운전자들이 좀 난폭해지거든. 속도 개념을 상실한다고나 할까? 다른 도로에서는 과속을 주의하던 운전자들도 7번국도에만 올라가면 자기가 얼마나 빠른 속도로 달리는지 까먹는단 말이야. 뭐랄까, 속도계가 무의미해진다고나 할까. 그저 다들 남들보다 빨리 가려고만 할 뿐. 한 번도 브레이크를 밟지 않고 7번국도를 처음부터 끝까지 달렸다고 자랑하는 트럭운전사를 만난 적도 있어. 그런 도로를 자전거로 여행하려면 목이 최소한 두 개는 있어야 하지 않을까?"

그러더니 그는 유신시절부터 사용했음 직한 철제책상의 서랍을 열었다. 쇠가 마찰하면서 내는 거북한 소리가 들렸다. 서랍을 뒤지더니 그는 종이 한 장을 꺼내 우리 눈앞에 대고 흔들었다. 그게 뭐냐고 우리가 물었다.

"이건 말이지, 음…… 젊은 사람들은 이런 얘기 별로 안 좋아할 테지만, 어쨌든 일단 고인들의 명복을 빌며, 이건 그간 학생들처럼 7번국도를 자전거로 여행하다가 죽은 사람들의 명단이야."

등사기로 조악하게 인쇄한 서류였다. 윗부분에는 멋들어진 손글씨로 *7번국도의 희생자들; 리스트(수집순)*라는 제목이, 그 아래로는 우리가 이미 들어서 알고 있거나 그 서류를 통해 이제 막 알게 된 이름들이 적혀 있었다. 7번국도를 여행하다가 죽은 사람들이 없진 않을 것이라고 막연하게 생각했을 뿐이지, 그렇게 많은 사람들이 죽은 줄은 그때 처음 알았다. 그렇게 말하자 그는 그것도 모르면서 포항까지 내려왔느냐고 물었다.

"그것도 모르면서 포항까지 내려온 거야? 이건 약과야. 수집이 가능한 사람들의 이름만 적은 거니까. 원래는 이런 이름들을 수집하려고 했던 게 아니었어. 난 잊힌 이름들을 원했지. 그런데 그게 참 불가능한 수집이랄까. 이름을 모으려고 다녀보니까 내가 구할 수 있는 건 전부 한 사람이라도 기억하는 이름들일 수밖에 없더라구. 당연하지. 누구도 기억하지 못하는 이름은 수집조차 할 수 없을 테니까. 그게 나를 자극해. 집사람은 시내에서 분식점을 해. 김밥이나 떡볶이 같은 걸 초등학생들에게 팔아. 가끔씩 거길 들렀다가 아이들을 볼 때면 슬픈 마음이 들어. 말랑말랑한 떡, 뜨거운 국물, 그런 것들에 인간은 끌리게 돼 있는 거야. 아주 순수한 물질의 세계지. 집사람은 나더러 쓸데없는 일 좀 그만하라고 말해. 하지만 내 생각은 달라. 쓸데있는 건 무엇이고 쓸데없는 건 또 무엇인가 하는 생각마저 들어. 영원히 수집할 수 없는, 완전히 망각된 이름들을 상상하는 일은 오뎅국물도 떡볶이도 되지 못해. 하지만 그건 내게 구원이자 위안이지. 이렇게 물표를 보고 화물을 내주는 소화물 창구 일을 제외하면 딱히 스펙터클이라고 할 만한 건 하나도 없는 삶이지만, 그 삶을 지탱해주는 게 바로 잊힌 이름들이야.
분식 같은 게 아니라고.”

그 삶을 지탱해주는 건 분식 같은 게 아니다, 라고 말하는 그의
음성에는 거부하기 힘든 권위 같은 게 있었다. 만약 우리도 7번국
도 위에서 죽는다면 그 리스트에 이름이 올라갈 수 있는지 그에게
물었다.

“결코 영광이라고 말할 수는 없겠지만, 어쨌든 리스트에 이름
은 올라가겠지. 너희가 여기 온 것을 아는 사람이 아무도 없다면,
흐흐흐, 만약 그렇다면 내 일생의 꿈이 이뤄지는 셈이겠지. 어
때?”

그가 기대감에 가득 차 우리를 쳐다봤다. 우리는 서로를 쳐다
봤다. 누가 먼저랄 것도 없이 “세희!”라고 말했다. 세상 사람들이
아무도 몰라도 세희만은 여행에 대해서 알고 있었다. 그는 실망한
눈치였다. 하지만 쉽게 좌절하는 사람은 아니었다.

“그렇다면 무사히 여행을 마치도록 해라. 누군가 기억하는 이
름이라면 이것만으로 충분하니까. 모을 만큼 모았어. 부러 도와주
지 않아도 괜찮아. 적당한 속도로 페달을 굴리고, 되도록 도로 가
장자리 흰 선 밖으로 달리면 죽을 일은 거의 없어. 죽은 사람들에
게는 다 이유가 있는 법이거든. 이것만 기억하면 지옥에 가서도
살아남을 수 있을 거야. ‘A 한다고 해서 모두 B는 아니다’. 응용
하자면, 7번국도에 간다고 해서 모두 죽는 건 아니다. 지금까지

나를 지탱한 건 바로 그 생활철학이지, 분식 따위가 아니야."

그를 지탱하는 건 분식이 아니라는 사실만 우리 뇌리에 각인됐다. 소화물 창구에서 일한다고 해서 모두 바보인 건 아니다. 그렇지만 왜 그 이름들을 모아야만 하는지 그 동기를 알기 힘들었다.

"인생이 크게 한 번 바뀐 적이 있었지. 운동이라고 하면 자네들은 국민체조 같은 걸 떠올릴지 모르겠지만, 내가 말하는 건 학생운동이야. 학생 때나 하는 운동이란 소리지. 그러다가 정보기관에 끌려갔었어. 거기서 한 십 분 정도 오른쪽 어깨가 탈골된 적이 있었지. 그건 순수한 고통의 십 분이었어. 영원과도 같았지. 절대적인 경험이야. 죽음과 비슷한 거야. 그렇다면 이쪽에서도 뭔가 절대적인 게 필요해. 내게는 7번국도에서 죽은 사람들의 이름을 수집하는 일이 바로 그런 일이었어. 나만의 방식으로 이 세상을 구원하는 일이랄까."

그렇다면 우리도 구원을 원하니 그 종이를 한 장 얻을 수 없겠느냐고 물었다. 그는 오른손으로 코를 만지작거리더니 그 종이에는 자기 일생의 노고가 담겼으므로 다른 사람에게 줄 수 없다고 잘라 말했다. 하지만 우리는 물러서지 않았다. 우리는 그 종이를 꼭 갖고 싶었다. 몇 번의 실랑이 끝에 그가 대단한 아량을 베푼다는 듯이 가져가도 좋다고 말했다.

"하지만 이름 하나에 오십원씩은 내야 돼. 누가 시킨 것도 아니고, 그냥 죽음을 초극하려는 생각에서 자발적으로 수집한 이름들이란 말이지. 수고비 정도는 받아야지 정의로운 인생이라고 하겠지. 한꺼번에 다 사간다면 할인해줄 수도 있어."

우리는 리스트에 적힌 이름이 몇개인지 세어보고 얼마간 고민하다가 모두 구입하기로 하고, 총액에서 십삼 퍼센트가 할인된 금액인 만원에 그 종이를 샀다. 이로써 우리는 7번국도를 여행할 준비를 모두 마쳤다. 우리는 기념사진을 찍기로 하고 포항역 앞에 자전거를 세운 뒤, 지나가는 여고생들에게 촬영을 부탁했다. 몹시 부끄러움을 타면서도 여고생들은 연신 웃었다. 우리도 웃었다. 제일 키가 작은 학생이 카메라를 넘겨받아 셔터를 눌렀다.

하나, 둘, 셋. 찰칵!

그때 찍은 사진을 보면, 우리의 이마로는 정오의 햇살이 떨어지고 있는 중이다. 빛의 입자가 멈춰 있으니 그 사진 안에서는 시간도, 역사도 모두 정지해 있다. 한 명은 하얀색 모자에 선글라스를 끼고 있어 그 눈을 볼 수 없지만, 다른 한 명은 수건을 머리에 두른 채 두 눈을 심하게 찌푸리고 있다. 각각 배낭을 멘 우리 뒤로 두 대의 자전거가 서 있다. 그 너머로 지붕의 모양이 비대칭을 이루는, 도시의 규모에 비해 좀 작은 크기의 포항역사가 보인다. 사진 왼편에는 두 개의 깃발이 게양돼 있는데, 하나는 더위에 축 늘어진 태극기가 분명하지만 그 옆에 매달린 초록색 깃발은 새마을기인지 아니면 다른 종류의 깃발인지 분명치 않다. 포항역사의 마감재와 지붕의 형태는 전국의 다른 구형 역사들과 같다. 즉, 붉은

빛이 감도는 베이지색 벽에 탁한 초록색 기와. 그 역사의 내력에
대해 우리가 들은 바는 없었다. 그 역사로 들어가는 사람들과 나
오는 사람들과 움직이지 않고 서 있는 사람들(그중에는 우리처럼
자전거 여행을 떠나려고 모인 팀도 있었다)이 사진 속에 멈춰 있
다. 사진에는 보이지 않지만, 프레임 오른쪽 바깥에는 사창가가 있
었다. 그 사창가의 내력에 대해서 우리가 들은 바는, 역시 없었다.
　여행에서 돌아와 우리는 그 사진을 편지봉투에 넣어 포항역의
그 직원에게 보냈다. 우리는 봉투에 '7번국도의 *희생자들*；*리스
트(수집순)*에 대한 답례'도 함께 넣었다.

재현이 내게 했던 세 가지 욕설 중 그 첫번째

씨팔, 빌어먹을. 그렇게까지 말했는데도 모르겠어요? 내게는 정말 소중한 레코드란 말이에요! 좆같은. 왜요, 잘 모르는 사람들 끼리는 서로 욕하면 안 되나요? 잘 아는 사람하고만 욕하고 살란 법이라도 있나요? 잘 모르는 사람은 좆같거나 빌어먹을 경우나 니미랄 일이 없단 말인가요? 그럼 당신은 뭔가요? 그냥 돌려달라는 것도 아니고, 받은 돈의 두 배를 주겠다는데. 생각이야 당신도 만날 바뀌는 거잖아요. 여기서 하는 말 다르고, 저기서 하는 말 다르고. 그냥 미쳤다고 생각해요. 정말 미쳤던 거예요. 그땐 미쳐서 그 레코드를 팔았어요. 그게 다예요. 아, 씨팔! 훔친 거 아니라니까. 좆같이, 왜 이래? 정말 다들 나한테 왜 이러는 거야!

그해 봄의 중고음반 거래

그해 봄, 방송국을 그만둔 나는 다양한 종류의 사람들을 다양한 장소에서 만나 다양한 중고음반을 샀다. 내가 왜 그토록 애타게 중고음반을 사들였는지는 지금도 미스터리다. 분노 때문이 아니었을까? 그런 생각이 들었지만, 그 역시 시간이 지난 뒤의 짐작이었고, 당시에는 그저 사고 또 살 뿐이었다. 그 시절 중고음반을 사려면 컴퓨터통신의 음악동아리 게시판을 이용해야만 했다. 매매 게시판은 정회원만 열람할 수 있었으므로 일단은 가입부터 해야만 했는데, 이때 가장 성가신 게 질문들이었다. 다양한 종류의 질문들이 있었지만, 내게 가장 난감한 질문은 '가장 좋아하는 뮤지션은?' 같은 것이었다. 각 동아리가 추구하는 음악장르가 다르니까 가입을 신청할 때마다 그 장르에서는 어떤 뮤지션을 가장 좋아하는지 생각해야 했는데, 그게 귀찮았다. 그런 일로 인생을 허비하기 싫어서 나는 매번 '비틀스'라고 썼다. 어떤 장르의 동아리에 가입하든, 헤비메탈이든 프로그레시브든 얼터너티브든 테크노든 나는 비틀스라고 썼다. 그러면 무조건 가입할 수 있었다.

중고시장에서는 아담 스미스의 보이지 않는 손이 정확하게 작동한다. 얼마나 많은 사람들이 원하느냐에 따라서 가격이 매겨진다. 점점 더 원하는 사람이 많아지다가 어느 시점을 넘어서면 그 음반은 레어 아이템이 된다. 그리고 레어 아이템이 되는 순간, 그건 모든 사람들이 원하는 음반이 된다. 당연히 모든 사람들이 원하는 음반은 시장에 나오지 않으므로 누구도 손에 넣을 수 없다. 간절히 원하면 원할수록 손에 넣을 확률은 점점 줄어들다가 결국에는 제로가 된다는 것, 이게 레어 아이템의 법칙이다. 그래서 중고시장에서는 일단 사들이고 보는 게 원칙이다. 잭팟이 뜨기를 기다리다가는 무엇도 살 수 없다. 그럭저럭 체리 세 개 정도라는 느낌만 와도 돈을 걸어야만 한다. 그게 잭팟인지 체리 세 개인지는 나중에 결정되는 것이니까. 그래서 가히 나쁘지 않다는 느낌만 들면 잽싸게 판매자에게 메일을 보냈다. 그러곤 곧장 통신을 끊은 뒤, 전화를 걸어 약속을 잡았다.

중고거래가 이뤄지는 장소는 다양했지만, 가장 많이 이용한 곳은 신촌 지하철역 부근이었다. 거긴 돈이 필요한 음악애호가들이 가장 많이 지나다니는 동네인 모양이었다. 그중에서도 역사 안 삼분 포토 앞이 제일 좋았다. 그레이스백화점 시계탑 아래에서는 서로 알아보기가 힘들었고, 홍대 지하철역 만남의 장소에서는 권총으로 무장한 경찰들에게 검문당하기도 했었다. 그뒤로는 무조건 신촌역 삼 분 포토 앞이었다. 거기 서면 저절로 에즈라 파운드의 하이쿠 같은 시 「지하철역에서」가 떠올랐다. 나는 "The apparition of these faces in the crowd"라고 읊조리며 오가는 사람들의 머리통을 바라봤다. 그렇게 서 있노라면 그 불특정 다수의 물결을 헤치고 한 사람이 내 쪽으로 다가왔다. 한 번도 여자가 나온 적은 없었다. 그렇게 다가와서는 머리를 긁적이며 속삭였다.

"저, 혹시, 음반을 사시겠다고……"

거기에 대한 내 대답은 "젖은, 검은 가지의 꽃잎들", 즉 「지하철역에서」의 다음 시구인 "Petals on a wet, black bough"가 돼야 할 테지만, 나는 그렇게 말하지 않았다. 대신에 최대한 빠른 속도로 음반 상태를 확인한 뒤, 돈을 지불했다. 음반과 돈을 주고받고 나면 서로 인사한 뒤, 각자 반대편으로, 그러니까 다시 '군중 속이 얼굴들의 환영' 속으로 사라졌다. 도대체 왜 나란히 걸어가면 안 되는 것일까? 그건 중고음반 거래의 불문율일지도 몰랐다. 거래를 마친 뒤에는 반드시 각자 다른 방향으로 걸어가야만 한다는. 이 모든 과정은 오 분도 채 걸리지 않았다.

사기라고 말할 수는 없겠지만, 실망한 적은 몇 번 있었다. 정규 앨범인 줄 알았는데 나가봤더니 EP나 싱글인 경우도 있었고, 부틀렉이나 편집음반인데도 설명 없이 아티스트의 명성에 기대 비싼 값에 내놓은 경우도 있었다. 크든 작든 물고기들을 떼로 집어삼키는 수염고래처럼 닥치는 대로 사들이는 입장에서 크게 화를 내거나 할 겨를은 없었다. 하지만 정확하게 설명하지 않은 것만은 그냥 넘길 수 없었으므로 나는 그런 사람들의 흔적을 깨끗하게 지우는 것으로 화답했다. 메일이든 전화번호든 흔적을 지우면 기분이 산뜻해졌다. 네가 사는 세계에서는 어떤지 몰라도 여기에는 너란 존재가 없어. 뭐, 그런 기분이랄까.

나도 중고음반을 살 때마다 던질 질문을 하나 마련했다. 말하자면 구매의 조건이었다. 왜 애써서 산 음반들을 다시 파는 건가요? 그 사람들의 만능열쇠는 다음과 같았다.

"팔기 싫지만, 돈이 급해서요. 나중에 다시 사야 할 음반들이에요. 저도 미칠 지경이에요."

물론 그들이 미치지 않으리라는 건 너무나 분명했다. 참고로 말하자면, 여름방학이 다가올 때면 중고음반들이 쏟아져나온다. 놀러 갈 돈을 마련하기 위해서다. 중고음반 중에는 자기가 듣던 판도 있고 훔친 판도 있겠지만, 그중에는 또 왕따 친구를 윽박질러 빼앗은 판도 있으리라. 그런 판들이 지금 내 디스크 라이브러리에 꽂혀 있다. 세계는 그런 식으로 이어지는 셈이다. 누군가는 학교에서 왕따를 당하고, 또 누군가는 그런 친구의 음반을 빼앗고, 또 다른 누군가는 그 음반을 산다. 아마도 신촌역 삼 분 포토 부근에서. 하지만 우리는 서로 알지 못하는 군중 속 환영과도 같은 얼굴들일 뿐이다. 음반을 거래할 때에만 우리는 꽃잎이 된다. 축축하고 검은 가지 위의.

　도박사들의 충고는 다음과 같다. 당신이 슬롯머신에 넣은 돈이 많으면 많을수록 기계가 돌려줄 수 있는 돈은 점점 더 바닥이 난다. 당신은 이제까지 돈을 잃기만 했으니 이제쯤은 기계가 돈을 토해낼 때가 됐다고 생각하겠지만, 기계 쪽에서는 그렇게 생각하지 않는다. 기계는 지금까지 소소하게 돈을 돌려줬으니까 더이상 돌려주게 되면 수지가 맞지 않는다고 생각한다. 도박사들의 충고에 담긴 교훈은? 진실과 짐작을 혼동하면 안 된다는 점이다. 우리의 짐작은 대개 진실이 아닐 가능성이 높다. 그래서 나는 기대하지 않는 사람 쪽에 가깝다. 게시판에 올라오는 중고음반의 질에 점점 실망하게 되면서, 나는 이제 그만 손을 털 때가 됐다고 생각했다. 그때, 한 음반이 내 눈에 들어왔다.

　중고게시판에 오른 음반은 만능열쇠 비틀스의 108번째 싱글 〈Route 7〉이었다. B면에는 오 년간 조련사에게 특수 훈련을 받은, 나이로비 국립공원의 열두 마리 코끼리들이 합창한 〈Yellow Submarine〉이 수록된 한정판이라는 설명이 붙어 있었다. 그때까지 조회수는 5에 불과했다. 나는 통신을 끊은 뒤, 자정이 넘은 시간이었음에도 전화를 걸었다. 우리는 다음날 예의 그 삼 분 포토 앞에서 만나기로 약속했다. 가격은 의외로 비싸지 않았다.

다음날 나는 내가 번안한 〈노란 잠수함〉과 나이로비 국립공원
의 코끼리들이 부른 〈Yellow Submarine〉 중 어느 쪽이 더 나을까
생각하며 신촌 지하철역으로 나갔다.

(여러분들도 따라 할 수 있는) 노란 잠수함

1

옛날에 한 사람이 우리를 모두 바다에
데려가 구경을 시켜준 적이 있었는데,
숨이 차 우리들은 용왕님께 잠수함으로
만들어달라고 해 소원을 이루었지

(후렴)×2
우리는 모두 노란 잠수함,
노란 잠수함, 미친 잠수함

(브릿지)
그리고 물고기 밴드 성대한 축하연을
벌일 때, 나팔 소리

(나팔 소리 간주)

(후렴)×2

2
하지만 기름 없어 수초 옆에 쓰러질 때,
두고 온 고향 생각 간절히 났었지

그리고 우린 녹슬어갔네
노란 잠수함, 사라져갔네
×2

실망스럽게도, 그 싱글음반은 상태가 꽤 안 좋았다. 소리골은
사정없이 뭉개져 있었다. 재킷에는 *1991년 5월 콜럼버스보다 위
대한 발견을 위해서…… J&S*라는 글귀가 씌어 있었다. 한참 바
라보다가 나는 그 음반을 사기로 결심했다. 신촌 지하철역까지 나
간 시간이 아까웠기 때문이었다. 이제 중고음반을 사들이는 일을
그만둬야겠다고 생각한 것은 바로 그 순간이었다.
"근데 이거 왜 팝니까?"
주머니에서 돈을 꺼내며 내가 물었다. 나보다 어린 그 남자는
독창적인 답변을 준비했다.

"자살할 계획이어서 정리하는 겁니다."

그는 내가 건넨 돈을 낚아채듯이 받아들고는 왼쪽으로 걸어갔다. 내가 가려던 방향이었다. 나는 잠시 멍청하게 서 있다가 오른쪽으로 갔다. 〈Route 7〉, 잘하면 목숨과 바꾼 음반이 될 수 있겠다는 생각이 들었다. 걸어가는데 중얼중얼 노래가 흘러나왔다. 우리는 모두 노란 잠수함, 노란 잠수함, 미친 잠수함…… 그때 죽었으면 아주 좋았을 재현과, 재현이 죽지 않는 바람에 다시 그저 그렇고 그런 음반의 신세가 된 〈Route 7〉과, 나는 그렇게 만나게 됐다.

사랑 안에서 망각은 보존의 다른 말

한 사람이 있고, 그 사람을 둘러싼 기억들은 시간이 흐르면서 하나둘 죽어간다. 우리는 그걸 '학살'이라고 불렀다. 우리가 처음 만난 날의 날씨를 잊었고, 싫은 내색을 할 때면 찡그리던 콧등의 주름이 어떤 모양으로 잡혔는지를 잊었다. 나란히 앉아서 창밖을 내다보던 이층 찻집의 이름을 잊었고, 가장 아끼던 스웨터의 무늬를 잊었다. 하물며 찻집 문을 열 때면 풍기던 커피와 곰팡이와 방향제와 먼지 등의 냄새가 서로 뒤섞인 그 냄새라거나 집 근처 어두운 골목길에서 꽉 껴안고 등을 만질 때 느껴지던 스웨터의 까끌까끌한 촉감 같은 건 이미 오래전에 모두 잊었다. 그렇게 세월이 흐르고 마침내 그 사람의 얼굴이며 목소리마저도 잊어버리고 나면, 나만의 것이 될 수 없었던 것들로 가득했던 스무 살 그 무렵의 세계로, 우리가 애당초 바라봤던, 우리가 애당초 말을 걸었던, 우리가 애당초 원했던 그 세계 속으로 완전한 망각이 찾아온다.

완전한 망각이란, 사랑 안에서, 가장 순수한 형태의 보존. 그러니 이 완전한 망각 속에서, 아름다워라, 그 시절들. 잊혀졌으므로 영원히 그 모습 그대로 남아 있는 기억의 선사시대. 이제 우리에게는 그 시절의 눈이 없지. 그 시절의 귀와 입과 코가 없지. 스무 살의 눈으로 바라본다면, 너무나 끔찍한 얼굴로 우린 살아가고 있는 셈이지. 한번 살았던 세계를 영원히 반복해서 살아가는 유령들처럼. 그 누구에게서도 결코 '학살'되지 않는 존재로 우리는 오래오래 살아남을 것이다. 장수하고 나서도 그 뼈와 머리카락들 오래오래 썩지 않고 튼튼하게 남아 있으리라. 그렇게 우리는 사랑하는 세희를 잊고, 사랑하는 서연을 잊고, 이젠 우리가 기억조차 하지 못하는 누군가를 잊고, 우리가 우리가 아는 다른 어떤 것, 우리가 적敵이라거나 환영이라거나 공포라고 불렀던 뭔가로 바뀌어가고 있을 무렵, 우리는 7번국도로 자전거 여행을 떠나기로 결심했다.

그해 봄, 우리는 *카페 7번국도*의 구석자리에 앉아 대략 하루에 1,000cc씩 한 달 동안 모두 30,000cc의 생맥주와 수십 마리의 말린 바다생물들을 씹어먹으며 자전거 여행을 꿈꿨다. 꿈의 재료는 지도 위에 긴 선 하나가 바다를 스치듯이 지나가고 있다는 사실 그 하나만으로 충분했다. 수면안대를 찬 것처럼 우리 앞으로는 어떤 풍경도 보이지 않았으므로. 우리에게는 희망을 선물하러 찾아올 외계인도, 우리를 둘러싼 기억들을 없애줄 옛 애인도 없었으므로. 우리는 가난했고, 또 적적했다. 충분히 사랑하지 않으면 사랑하지 않았다는 말과 같다고 생각했으므로 그때 우리는 가고자 해도 갈 길이 없는 진퇴양난의 시절을 보내고 있었다. 돌아가고 싶다고 말을 하기에는 청춘이 너무 아까웠고, 새로운 인생을 원하기에는 용기가 부족했다. 아깝고 부족하고, 아깝고 부족하고, 그렇게 해가 뜨고 해가 졌다.

최상의 인생이란 짐작할 수 없는 인생. 늘 기대를 저버리는 인생. 마술쇼에 들어가 공연이 시작되기만을 기다리는 관객의 인생. 이윽고 마술사가 무대로 나와 긴 모자 속에 꽃을 넣으면, 거기서 다시 꽃이 나오는 일은 없다는 걸 그는 잘 알고 있으리라. 그는 마술을 보려고 거기까지 갔으니까. 그러니 그가 바라는 건 오직 하나, 꽃이 아닌 것. 어쩌면 꽃만 아니면 되는 것. 비둘기든, 하얀 천이든, 햄스터 일곱 마리든. 꽃만 아니라면. 꽃만 아닐 수 있다면. 청춘의 희망이라는 건 어쩌면 그런 게 아닐까? 마술을 원하는 마음. 한 가지를 제외한 그 모든 걸 원하는 마음.

하나뿐이라면 지루하다. 여러 개라면 좀 낫다. 전부라면 가장 좋다. 우리는 전부에 내기를 걸기로 했다. 모두를 향한 갈망이라면 그건 무無를 간절히 원한다는 말과 같다. 망각을 향한 필사적인 욕망. 외면하기 힘든 매혹. 이렇게 말해도 좋을까? 우리는 그해 봄, 30,000cc의 생맥주와 수십 마리의 말린 바다생물을 씹어먹으며 7번국도로 자전거 여행을 떠나기로 결심했다. 내가 아닌

다른 사람이 되기 위해서. 그건 마술쇼를 보러 가는 저녁 나들이,
어쩌면 판돈을 다 따기 위해서 가진 재산을 모두 거는 마지막 도
박판 혹은 완전한 망각, 망실, 망명, 그러니까 무의 존재를 향한
매혹적인 여행의 시작이랄까.

구세주 재현

"야, 신병. 니네 동네 좆됐다. 전염병이 돈단다."

체육복을 입은 병장이 사타구니에 손을 넣고 침상에 기대 누운 채 신병을 발로 툭 찼다. 신병은 쓰러질 듯 비틀거리다가 다시 몸을 세웠다.

"니네 고향이 포항이라고 하지 않았더냐?"

"이병 정병규. 예, 그렇습니다."

금테 안경, 코 밑 수염이 거뭇거뭇한 신병이 고함을 질렀다.

"재수없게. 너도 병 걸려서 온 거 아니냐?"

"이병 정병규. 아니요, 그렇지 않습니다."

"개새끼, 이 씨발놈이. 이 좆같은 새끼가. 어디서 말대꾸야."

병장이 벌떡 일어나서 신병의 뒤통수를 손바닥으로 몇 대 후려쳤다. 텔레비전에서는 아홉시 뉴스가 방영되고 있었다. 나는 옆

드린 채 두 손을 모으고 엉덩이를 든 자세로 천천히 침상을 닦고 있었다. 경상북도 해안지방에 올 들어 처음으로 수인성 전염병 환자가 발생했다는 뉴스가 나왔다. 유난히 길었던 장마가 끝나자마자 발생한 전염병이었다. 장마를 앞두고 연병장 주위에서 얼마나 많은 나뭇가지를 잘라냈는지 몰랐다. 나무 위에서 내가 톱으로 잘라낸 나뭇가지가 바닥으로 떨어질 때면 가슴이 아팠다. 장마가 미웠다. 그 장마가 다 끝났다고 생각했더니 이젠 수인성 전염병이었다.

보도에 따르면 잠복기를 거쳐서 발병까지 이르는 사람들은 대개 고령자들이었다. 일제시대, 한국전쟁, 4·19, 유신체제, 제5공화국 등 격변의 한국 현대사를 거치면서도 꿋꿋하게 살아남았던 그 강인한 생명력이 물고기 안에 있는, 현미경으로나 관찰이 가능한 미세균에 의해 치명타를 당했다니 허무하기까지 했다. 초기 증세는 감기와 비슷해서 감염자들은 며칠 고열과 설사에 시달렸다. 그러다가 확진 판정을 받으면 환자들은 격리수용됐다. 발병의 역학관계를 조사한 관계당국은 환자들이 날것으로 먹은 물고기에 든 7번국도 균에 감염된 것이라고 결론지었다. 침상을 닦다가, 나는 문득 고개를 들어 내무반 한쪽에 있던 텔레비전을 올려다봤다.

"이 균은 우리나라에서 최초로 발견됐습니다." 전문가는 그렇게 설명했다. 그때까지도 병장은 신병의 뒤통수를 계속 때리고 있었다. "한탄 바이러스에 이어, 이 균의 발견으로 우리나라 의학계는 다시 세계의 주목을 받게 됐습니다." 같은 시간 여관방의, 볼륨을 완전히 줄인 텔레비전 화면에도 그 전문가의 얼굴이 나타났을 것이다. 재현과 서연은 텔레비전에서 흘러나오는 불빛에 물든 얼굴로 서로 입을 맞췄을 것이다. 서연의 입술은 축축했고, 그 안에서는 한없이 달콤한 액체가 흘러나오고 있었을 것이다. 그 달콤한 침을 삼키고 또 삼키다보면 부드러운 혀가 쑥 들어왔을 것이다. 눈을 감고 재현은 서연의 침샘에 대해서 명상했다. 그 모든 달콤함의 연원이 되는, 그 작은 어떤 샘에 대해서. 그때 그들은 입맞춤의 입문자들이었기 때문에 얼굴의 각도를 바꾸다가 이를 부딪치기도 했다. 사랑하는 두 마리의 코끼리가 상아를 부딪혀가면서도 서로 입을 맞추려고 안간힘을 쓰는 것처럼. 압도적인 어떤 물, 말하자면 대양과 같은 깊은 물속으로 한없이 빠져들어가는, 그대로 녹아내리는 듯한 전적인 몰락의 느낌이 밀려왔고, 그러다가 호흡곤란과 산소부족으로 머릿속이 새하얗게 바뀔 즈음에야 겨우 서연의 입술에서 입을 떼고 재현은 가쁜 숨을 몰아쉴 수 있었다. 키스는 체내의 산소량을 고갈시켜 이성적인 사고를 방해하는 행위였다.

"그렇게 눌러대면 아프지 않아?"

잠시 입을 뗐을 때, 서연이 물었다.

"뭐가?"

"뭐긴. 그거 말이야. 딱딱한 거."

서연이 손가락으로 재현의 사타구니 쪽을 가리켰다.

"하나도 안 아파. 솔직하게 말하면, 오히려 기분이 좋은 쪽이야."

서연이 재현의 청바지를 한번 쓰다듬었다. 전염병에 대한 보도가 끝나고 7번국도 상공에 UFO가 나타났다는 뉴스가 이어졌다. 서연이 엄지와 검지로 바지 위, 재현의 성기가 있는 부분을 잡은 뒤에 천천히 아래위로 움직였다. 재현은 자신도 아홉시 뉴스에 나올 날이 머지않았다고 생각했다. 멋모르고 사랑에 빠졌다가 애인의 손길에 그만 심장이 터져 너무 어린 나이에 죽어버린 한 남자에 대한 이야기. 심장은 다섯 조각으로 완전히 찢어진 것으로 알려져 있습니다.

"봐도 괜찮아?"

만지는 것만으로는 부족하다는 듯이 서연이 물었다. 재현은 고개를 끄덕였다. 설사 싫다고 해도 끄덕여야만 할 것 같았다. 재현이 몸을 일으키자, 서연이 천천히 벨트를 풀고 바지 지퍼를 내렸다. 파란색 팬티가 나오자, 서연은 그 질감을 느껴보기라도 하듯이 다시 그 팬티 위를 어루만졌다. 그다음은 어떤 일출의 순간, 새로운 인생의 첫 아침과도 같았다. 서연은 팬티를 앞으로 당겨 안을 들여다보더니 두 손으로 팬티를 끌어내렸다. 재현의 성기는 길고 단단하게 몸 쪽으로 붙어 있었다. 일종의 해부학 시간. 연인에겐 상대의 몸을 연구할 의무가 있었다. 서연은 오른손으로 재현의

성기를 조심스럽게 만졌다. 손톱이 닿을 땐 분명 아팠지만, 그건
아프다고만 말할 수는 없는 느낌이었다. 짜릿하달까. 아프다고만
말할 수 없는 짜릿함. 그런 게 사랑이라니. 재현의 몸은 이제 폭발
직전이었다.

"마치 조각 같아."

"처음 봤어?"

"멍청한 질문. 처음 봤지, 당연히."

재현은 침을 한번 꿀꺽 삼킨 뒤, 말했다.

"네 것도 봐도 돼?"

"안 돼!"

"왜?"

"글쎄, 안 된단 말이야!"

"도대체 왜?"

재현이 소리를 빽 질렀다.

"그건 보라고 있는 게 아니야."

서연이 말했다. 재현은 그녀의 말이 무슨 뜻인지 이해하지 못
했다. 서연은 다시 말했다.

"그건 보라고 있는 게 아니라고."

그럼 그건 왜 존재하는 것일까? 아마도, 영원히 기억하라고.

"미국에 그런 사람이 살았대. 평생 매해가 1919년인 양 살아가

는 사람. 아침이면 1919년에 발행된 옛날 신문을 날짜에 맞춰서 읽고, 1919년에 유행했던 옷을 입고, 1919년에 생산된 물건만 사용하는 거지. 1918년도 안 되고 1920년도 안 돼. 오직 1919년이어야만 하는 거야. 그 사람에게 누군가 이렇게 물었어. '도대체 1919년을 왜 그렇게 좋아하는 겁니까?' 그 사람의 대답. '인생의 다른 모든 일과 마찬가지로 이유는 뜻밖에도 간단합니다. 1919년은 제가 태어난 해거든요. 저는 모든 걸 다 기억합니다. 불행하다면 불행한 능력이지요. 심지어는 어머니의 자궁 속에서 들었던 이야기들까지도 다 기억합니다. 왜, 침대에 누워 아버지와 어머니가 나누던 대화 같은 것들 말입니다. 제가 막 태어났을 때, 이 세상이 얼마나 경이로웠는지도 생생하게 떠올릴 수 있어요. 그때의 세계는 지금과 완전히 달랐습니다. 그때는 로드하우스의 화장실에서 여자들이 코카인을 흡입하거나 아무나 만나서 잠자리를 함께하는 일 따위는 일어나지 않았죠. 일이 끝나면 아버지들은 모두 곧장 집으로 돌아가 가족과 함께 저녁을 보냈습니다. 첫번째 세계대전은 막 끝이 났고, 두번째 세계대전은 아직 시작되지 않았던, 말하자면 막간극 같은 시기였어요. 막과 막 사이에 찾아오는, 대기실의 짧은 평화 같은. 그 시절을 그리워하다보니까 언제부터인가 1919년에 인격을 느끼게 되더군요. 마치 돌아가신 어머니를 그리워하는 것과 비슷하달까. 그렇게 우린 서로 친밀해졌어요.'"

다음날 아침, 해변을 걸어가면서 서연이 말했다. 어쨌든 그건 슬픈 이야기였다. 죽음에 관한 이야기였으니까.

"그 사람은 1969년 닐 암스트롱이 달에 갔다는 뉴스를 듣고는 자기 집에서 목을 매달고 자살했대. 쉰 살이라면 그냥 죽기에도, 그렇다고 더 살기에도 애매한 나이였을 텐데. 그나마 청춘의 대부분도 전쟁터에서 외국인들을 죽이는 것으로 보냈다지. 전쟁이 끝난 뒤, 귀국 장병이 되어 거리를 걸어가다가 그는 전쟁의 와중에 세계가 바뀌었다는 걸 알게 된 거야. 자기가 살던 세계는 사라지고 다른 세계 속으로 들어가게 된 거지. 그는 옛 가족과는 인연을 끊고 더이상 새 가족을 만들지도 않았어. 삼 개월 이상 만나는 여자나 친구도 없었고, 당연히 아이도 가지지 않았지. 그가 살아 있다는 걸 기억하는 건 아마도 1919년뿐이었을 거야. 인류의 달 착륙을 둘러싼 해프닝을 전하는 뉴스에 그의 죽음이 포함되기 전까지는 말이지. 기자들은 그 사람의 집에서 '낙원 1919년'이라는 제목의 원고를 발견했어. 그건 사라진 세계에 대한 송가랄까."

바다에서 소금기를 머금은 바람이 불어와 서연의 머리칼을 흔들었다. 서연은 오른손으로 얼굴로 흘러내린 몇 가닥 머리칼을 귀 뒤로 넘겼다. 비제의 오페라 선율처럼 바닷물이 부드럽게 출렁거렸다. 재현은 막간의 대기실을 생각했다. 거울 속에 비친, 분장한 자신의 얼굴을 바라보며 잠시 앉아서 쉬는 일이 대해서.

"제목 그대로, 그 책은 1919년을 기리는 아름다운 추억을 담았을 것이라고 다들 생각했지. 그런데 그렇지 않았어. 그 책에 나오는 1919년은 여느 해와 다를 바가 하나도 없었어. 누군가 태어나고 또 누군가 죽고, 누군가를 죽이기도 하고 사랑하기도 하고. 1918년에도 1920년에도 일어날 만한 그런저런 사건들이 일어난 거야. 그런데도 그 사람은 1919년 이후로 세상이 점점 나빠지고 있다고 생각한 거야. 그게 바로 자살의 이유였어.”

“달 때문이었겠지. 설마 달까지는 인간들이 건드릴까, 뭐 그런 생각을 하다가 막상 달 착륙 소식을 듣고 충격을 받았을 거야.”

재현이 서연의 얼굴을 바라보면서 말했다. 콧등의 주근깨 같은 것. 눈가의 잔주름 같은 것. 재현에게 그 사람처럼 모든 걸 기억하는 불행한 능력이 있다면 자신은 서연의 이름이나 얼굴 생김새나 생일 같은 거 말고 그런 것들, 예컨대 흩날리는 검은색 머리카락을 귀 뒤로 넘기는 방식이나, ‘나빠지고’나 ‘자살’ 같은 부정적인 단어를 말할 때면 저도 모르게 찡그리는 콧등의 주름 같은 걸 기억하고 싶었다. 서연만의 특별한 방식들을.

“하지만 그 사람, 잘못 생각한 거야. 세상은 점점 좋아지고 있어.”

“어떻게 확신해?”

“적어도 네게는.”

“왜?”

“날 만났으니까.”

“널 만났으니까 세상이 점점 좋아지고 있는 중이라고?”

재현이 고개를 끄덕였다.

"그러니까 내가 이 세상을 구한 거지."

하지만 세상이 점점 좋아졌다면 그건 누군가의 세상일 뿐이었으리라. 1993년 여름, 세상은 하나가 아니라 여러 개였다. 1993년 여름의 나는 텔레비전 화면에서 시선을 떼고 다시 침상을 닦기 시작했다.

우리가 영원히 기억해야만 할 것

네 것.

7번국도에서 자전거 타기

길들은 지금 내 눈앞에 있다. 길들은 만나고 헤어지고 가까워지고 멀어진다. 그게 길들이 확장하는 방식이다. 길들은 도서관에 꽂힌 책들과 같다. 서로 참조하고 서로 연결되면서 이 세계의 지평을 한없이 넓힌다. 길들 위에서 나는 무엇이든 배우고자 했다. 길들이 책들과 같다면, 그 길을 따라가면 언제나 미지의 세계를 만나리라. 처음에는 다른 세계를 향한 열망이 훨씬 컸지만, 시간이 지나면서 나는 길들 자체에 매혹됐다. 그저 읽고 또 읽는 일만이 중요할 뿐인 독서가처럼, 거기서 무엇도 나오지 않는다고 해도 걷고 또 걷는 일만이 내겐 중요했다. 그리하여 여기는 어디일까? 나는 왜 여기에 있을까? 나는 누구인가?

내가 배운 길 중에서 가장 좋아하는 길은 1992년 겨울에 구입한, 깊은샘에서 출판한 '길'이라는 제목의 金起林 문집이다. 앞

날개에는 학생 시절로 보이는 金起林의 사진이 있다. 짧은 머리에 구부러진 눈썹, 뭉툭한 콧날과 다부진 입술을 지닌 그는 우측 윗부분의 인공조명을 받으며 카메라를 쏘아보고 있다. 책을 뒤집어보면 식민지 지식인풍으로 차려입은 金起林이 다시 등장한다. 동그란 안경에 이마 위로 빗어넘긴 머리칼. 이제 시선은 카메라 우측 어딘가를 향하고 있다. 변하지 않은 것은 왼쪽 눈이 오른쪽 눈보다 더 크다는 사실뿐이다. 그리고 모든 게 변했다. 내 방에 꽂힌 그 책의 면지에는 '金起林을 기억하라!'고 휘갈긴, 스무 살 무렵의 손글씨가 보인다. 다행히도 나는 아직 金起林을 기억하고 있다.

金起林은 길에 대해 다음과 같이 아름답게 노래한 적이 있었다.

그 강가에는 봄이, 여름이, 가을이, 겨울이 나의 나이와 함께 여러 번 댕겨갔다. 가마귀도 날아가고 두루미도 떠나간 다음에는 누런 모래둔과 그리고 어두운 내 마음이 남아서 몸서리쳤다. 그런 날은 항용 감기를 만나서 돌아와 앓았다.

나도 가끔씩 金起林을 흉내내 '그 강가에는 봄이, 여름이, 가을이, 겨울이 나의 나이와 함께 여러 번 댕겨갔다'라고 혼자 노래 부를 때가 있다. *댕겨가는* 그것들은 *댕겨간다*는 바로 그 이유만으로 충분히 아쉽다. 사람은 태어나 끝없이 서로 참조하고 서로 연결되는 길 위를 댕겨가는 것이다. 그러는 동안, 우리는 햐쿠다케 혜성처럼 서로 닿을 듯 가까워졌다가 이제 영영 돌이킬 수 없을 정도로 멀어지기만 하고 있다. 댕겨가는 것들의 절망은 그런 것이다. 우리는 이제 영영 다시 만날 수 없다. 18,000년 뒤에 햐쿠다케 는 다시 돌아오겠지만, 다시 찾아온 지구에 지난번 방문했을 때 살았던 사람들은 단 한 명도 남아 있지 않을 것이다. 햐쿠다케의, 18,000년의 고독 앞에서 다시 만나자는 말은 아무런 의미도 없는 말이다.

그리하여, 길들 위에서 내가 배운 것

1. 모든 건 한번 더 반복된다.
2. 우리에게 '한번 더'라는 말은 무의미하다.
3. 세계는 너무 거대해서 마주할 수 없다.

오직 알 수 없을 뿐. 그저 끝없이 서로 참조하고 서로 연결되는 길 위에 서 있을 뿐. 여기가 어디인지, 나는 누구인지, 결국 우리 는 어디로 가는지, 오직 알 수 없을 뿐. 수많은 것들, 내가 사랑했 던 여자들, 읽었던 책들, 들었던 음악들, 먹었던 음식들, 지나갔던 길들은 모두 내 등 뒤에 있다. 무엇도 나를 기억하지 않는다. 연결 이 끊어지는 순간, 나는 유령의 존재가 된다.

한쪽 길에서 열심히 페달을 밟아 다른 쪽 길로 접어든다. 어딘
가에서 바람을 타고 편지가 날아든다.

7번국도에게

내가 지금까지 말했던 모든 것들은 거짓이다. 신과 사랑과 신념에 대한 내 믿음은 과학과 심리학과 고통으로 완전히 사라지고, 이제 내게는 무엇도 남아 있지 않다. 정의는 매번 나를 좌절시켰다. 신은 죽었다. 사람들은 신을 수천 번이나 죽였다. 사랑은 우리에게 희망을 가지게 하는 환상일 뿐이다. 이제 희망은 없다.

이제 나는 사람의 귀를 가진 쥐새끼들이 그물net에 걸려 있는 걸 보고, 이제 나는 집에 있는 모든 인간 게놈들의 자취를 내 PC로 보고, 이제 나는 나를 완전하게 만드는 수백만의 DNA 결합들— '여기에 너의 천식이 있다' '여기에 너의 정신병이 있다' '여기에 너의 그 모든 결함이 있다' 고 떠들어대는—을 본다. 그리고 이제 나는 우리가 존엄한 인간처럼 화장을 한 동물에 불과하다는 것을 안다. 과거에 우리는 인간이었지만, 이제 우리는 구십팔 퍼센트의

원숭이적인 것과 이 퍼센트의 원숭이적이지 않은 것으로 구성된
무엇이다.

—1996년의 클레이턴 엘리엇으로부터

재현이 내게 했던 세 가지 욕설 중 그 첫번째에 대한 부기 附記

비틀스의 싱글 〈Route 7〉을 산 지 얼마 지나지 않아 희한한 전화가 걸려왔다. 처음에는 지옥에서 걸려온 전화인 줄 알았다.

"어, 안 죽었나요?"

"실패했습니다."

구르던 돌이 멈추듯 묵직한 대꾸였다. 벌써부터 이끼가 잔뜩 낀 듯한 늙은이의 음성. 나는 자살에 실패한 사람을 별로 신용하지 않았다.

"지난번에 판 앨범을 다시 사고 싶어서 전화했습니다."

역시 자살에 실패한 자나 할 수 있는 말이었다. 인간의 가능성은 어디까지일까? 자살에 실패하기도 하고, 팔았던 음반을 되사겠다고도 하고. 다들 팔 때는 다시 사겠다고 말했지만, 팔았던 음반을 다시 팔라며 전화한 인간은 그 자가 처음이었다.

"다른 건 몰라도 그 판은 좀 곤란하네요. 일단 저는 뭘 중고로 파는 사람이 아니거든요. 게다가 그 판이 점점 좋아지고 있어요."

"그땐 제가 경솔했어요. 모든 걸 버리고 새로 시작하고 싶었어요. 후회합니다. 값을 두 배로 쳐줄 테니까 다시 제게 파시죠. 제게는 아주 소중한 음반이에요."

"글쎄요. 자살한다고도 말했잖아요. 하지만 지금은 버젓이 전화하고 있는 중이고. 그 마음이 또 언제 바뀔지 알 수 없는 일이죠. 어쨌든 거래는 끝났으니 다시 팔고 말고는 제가 알아서 할게요."

"그래서요?"

"저는 팔지 않을 거예요. 그게 제 결정입니다."

한동안 대꾸가 없었다.

"그럼 이만……"

전화를 끊으려니까 다급한 목소리가 들렸다.

"일단 제 얘기를 들어보세요. 들어보고 나서도 마음이 바뀌지 않으면 깨끗하게 포기할 테니까."

"글쎄요. 이야기는 한번 들어보죠."

나는 시계를 봤다. 자정이 넘은 시간이고 이미 잠은 깨어버렸다. 수화기에서는 심야 FM에서 흘러나오는 사연 같은 이야기가 흘러나왔다. 한 남자가 한 여자를 만나서 사랑에 빠지게 됐다는, 지금까지 수천만 번은 반복해서 벌어졌을, 뭐 그런 이야기. 그 음반에 적힌 *1991년 5월 콜럼버스보다 위대한 발견을 위해서*……

*J&S*라는 문구의 비밀도 그 이야기로 풀렸다. 그날 청계천에서는 불꽃놀이를 하듯이 쉴새없이 최루탄이 터졌고, 둘은 시가행진을 하는 귀국 장병처럼 뛰어다녔다. 대로를, 골목을, 지하도를. 그리고 두 사람은 사랑을 발견했다. 콜럼버스가 아메리카를 발견하는 것처럼, 그날 두 사람은 지금 서로 너무나 사랑하고 있다는 사실을 발견했다. 음반이란 바로 그 위대한 발견의 기념품이었다.

"도대체 그런 음반을 왜 팔려고 한 거죠?"

내가 물었다.

"말했다시피 모든 걸 다시 시작하고 싶었어요. 그애와 헤어진 뒤에 제 왼손이 마비됐거든요. 정신적인 충격이 컸다고 생각해요. 원래 저는 음악을 하던 사람입니다. 기타를 쳤습니다. 그런데 왼손이 마비됐으니 더이상 연주할 수가 없잖아요. 다시 연주하고 싶었습니다. 이젠 다 잊고 싶었고, 그 상처에서도 벗어나고 싶었고, 마비도 극복하고 싶었습니다."

"그러니까 자살한다는 건 상징적인 뜻이었군요."

"상징이니 뭐니, 그런 말은 제가 잘 모르겠구요, 그냥 경솔해서 나오는 대로 지껄인 거죠."

"그런데 왜 다시 사려는 건가요?"

"글쎄, 그게……"

잠시 말을 멈추더니 재현은 외로움과 심심함의 차이에 대해서 설명하기 시작했다. 고등학교 1학년 때, 악기점에 전시된 빨간색

전기기타에 매혹된 그는 반년 동안 용돈을 모아서 어느 토요일에 그 기타를 샀다. 기타가 생긴 뒤, 그는 그간 자신이 심심함이라고 생각했던 감정이 실은 외로움이었다는 걸 알게 됐다. 자기가 외로운 줄도 모르고 걸핏하면 심심하다고 떠드는 소년. 그럴 때면 엄마는 짜증을 냈다. 지금까지 실컷 놀고 나서 그게 무슨 소리냐며. 심심하면 공부를 하라거나. 사람은 언제 심심해지고, 또 언제 외로워질까? 할 일이 없고 혼자 있을 때 사람은 심심해지며, 할 일이 많고 여럿이 함께 있어도 사람은 외로움을 느낄 수 있다. 기타가 생긴 뒤로 그는 외롭지 않은 상태가 어떤 것인지 알게 됐다. 그건 제 방 벽에 위대한 기타리스트들의 사진을 붙이고, 그들의 음반을 반복해서 들으며 선율을 알아내고, 무대에 선 자신을 상상하며 연습, 또 연습하는 일이었다. 그러나 비틀스의 그 음반을 내게 판 뒤, 이제는 기타를 연습하는 것만으로는 외로움이 사라지지 않는다는 걸, 그리하여 이제 자신이 영원히 외로우리라는 걸 깨달았다.

"원래 인간은 다 외로워요."

내가 말했다.

"그런 문제가 아닙니다. 아무리 잊으려고 해도 잊히지 않는다는 뜻이에요. 그러니까 왼손의 마비는 풀리지 않더란 말입니다. 기타를 칠 수도 없고, 잊을 수도 없어요. 그 판을 돌려주시면 고맙겠습니다."

"그럼 이제 자살하면 되겠네요."

"……"

"자살하세요. 어차피 난 그 판을 돌려줄 마음이 전혀 없으니까."

내가 느릿느릿 말했다. 자살에 실패한 사람과 그렇게 오랫동안 얘기하다니, 내 인생에 처음 있는 일이었다.

그러자 한동안 침묵을 지키던 재현이 느닷없이 욕설을 퍼붓기 시작했다.

뒈져버린 7번국도

남대문을 지나가다가 길거리에서 화분을 모아놓고 파는 사람을 봤다. 화분들 중에 내 눈길을 끄는 작은 나무가 있었다. 마치 공장에서 양산한 것처럼 생생한 초록색 이파리를 달고 있었다. 어쩐지 초록색, 가짜 플라스틱 나무 같았다. 그 나무를 들고 서울 거리로 나온 상인은 검은 비닐봉지를 들고 교과서 속의 인물, 그러니까 장사에는 관심이 전혀 없는 방망이 깎는 노인처럼 무심하게 남대문을 바라보고 있었다. 나는 그에게 가격을 물었다.

"오천원이에요."

느릿느릿, 그가 대답했다.

"예쁘네요."

"예쁘지요. 어디 가도 이 정도 가격에는 못 구해요."

몇백 년을 자란 아름드리 큰 나무를 고스란히 축소해놓은 미니

어처 같은 나무였다. 칠이 벗겨진 낡은 냉장고처럼 이파리 가장자리의 초록색은 바래 있었지만, 그게 바로 그 나무의 매력이었다. 고민할 것도 없이 그 나무를 사기로 했다. 그 정도 돈은 언제든지 주머니에 있었으니까. 그러자 상인이 웃었다. 웃음은 금방 사라졌다.

그는 검은 비닐봉지 안에 신문지를 깔고 화분을 담았다.

"물은 일주일에 한 번씩 주면 됩니다. 잘 키우세요."

나는 그 비닐봉지를 들고 서울역까지 걸어갔다. 거기서 매시 정각에 출발하는 문산행 비둘기호를 타고 일산역으로 향했다. 집으로 돌아가는 동안, 나는 자주 비닐봉지를 펼쳐 그 안에 화분이 잘 있는지 확인했다. 나무를 보니 그 상인의 웃음이 떠올랐다. 나는 그 작은 나무 안에 숨겨진 큰 나무를 상상했다. 밑동이 굵고 키가 나보다 훨씬 더 클, 미래의 나무. 기차에는 부대로 복귀하는 병사들이 많았다. 병사들은 한결같이 우울한 표정이었다. 하지만 내 마음은 즐거웠다.

그 화분을 나는 글 쓰는 책상 위에 올려놓았다. 아침에 일어나면 물을 준 뒤, 햇볕이 잘 드는 베란다에 내놓았고 해가 떨어지면 다시 책상 위로 가져왔다. 나는 밤이 늦도록 베란다에서 글을 썼다. 그러다가 '도대체 이런 일을 하는 게 내게 무슨 소용이 있을까?'라는 의문이 들 때마다 고개를 돌려 그 나무를 바라봤다. 찬란했던 한 시절의 유적처럼 나뭇잎의 초록빛은 점점 바래져가고 있었다. 그게 그 나무가 자라는 방식이었다. 그런 식으로 책상에 앉아 시집을 읽다가 어떤 바다에 가면 시간이 갈매기떼로 몸을 바꾸는 일들이 벌어진다는 사실을 알게 됐다. 시간은 여러 가지 형태로 몸을 바꾼다. 화분의 작은 이파리, 처음으로 날아오르는 갈매기, 아직 눈도 뜨지 못하고 울던 시절의 나…… 그렇게 시간이 사라진 자리에는 고통과 즐거움과 슬픔과 행복이 남았다. 질량보존의 법칙처럼 시간은 그 형태를 달리할 뿐, 어떤 식으로든 우리 안에 보존되고 있었다.

어느 날, 나는 고개를 숙이고 슬픔에 잠겨 있다가 그 나무가 말하는 소리를 들었다.

"나는 저 고양이였어요. 저 하늘이에요. 또 저 의자예요. 나는 그 폐허였고 그 바람, 그 열기였어요. 가장한 모습의 나를 알아보지 못하시나요? 당신은 당신이 인간이라고 생각하기 때문에 나를 나무라고 여기는 거예요. 대양 속의 소금같이, 허공 속의 외침같이, 사랑 속의 통일같이, 나는 내 모든 겉모양 속에 흩어져 있답니다. 당신이 원하신다면 그 모든 겉모습들은 저녁의 지친 새들이 둥지에 들듯 제 속으로 들어올 거예요. 고개를 돌리고 순간을 지워버리세요. 생각의 대상을 갖지 말고 생각해보세요. 떨어진 잎사귀가 자신이 썩어 문드러져 다시 새로운 새싹으로 태어날 것을 믿는 것처럼, 당신을 그런 믿음에 가만히 맡겨보세요."

삶과 죽음의 총합은, 더하고 빼면 언제나 동일할 것이다. 새로 태어나는 만큼 어딘가에서는 누군가 죽어가고 있으리라. 그 고통만큼 우리는 즐거워하리라. 어떤 사람들은 기꺼이 죽음을 감수하면서까지 자신의 꿈을 추구한다. 그건 자신이 죽는 그 순간에도 이 세상에는 새로 태어나는 게 있으리라는 희망 때문에 가능하다. 얼마간 시간이 흐르고 나자 *7번국도의 희생자들 ; 리스트(수집순)*처럼 그 나무의 이파리들은 모두 아래쪽을 향해 늘어지기 시작했다. 나의 나무는 전혀 건강하지 않았다. 나무를 내게 팔았던 상인과 달리 그 나무는 한 번도 웃지 않았다. 그 나무는 고행하는 수도승처럼 비관적으로 점점 말라갔다.

내가 지금도 기억하는 몇 안 되는 날들 중 하나였다. 침대에서 일어나 옷을 찾아입으며 세희가 말했다.

"물을 너무 안 준 거 아니에요?"

노랗게 말라버린 나뭇잎을 만지는 세희의 팔뚝에는 상처가 아직 남아 있었다. 나는 담배를 피우며 그 말에도 일리가 있다고 생각했지만, 그뒤로도 물을 더 주진 않았다. 그때 그 나무를 바라보면서 나는 스스로 좀 혐오스럽다고 느꼈는데, 지금 생각하면 그 감정은 혼란이었던 것 같다. 애당초 사랑하지 않았다면 그 일이 그토록 혼란스럽지는 않았을 것이다. 그때 나는 세희와 잠자리를 함께한 것을 무척 후회하고 있었다. 하지만 세희의 태도는 별로 바뀌지 않았다. 언젠가 말한 대로 그건 그녀에게 아무런 의미도 없는 일이었다. 그후로 내 마음의 색이 조금 변했다. 일부분은 색이 희미해졌고, 일부분은 짙어졌다. 내 마음의 짙어진 부분이 세희에게 말했다.

"이제 내 집에서 나가줬으면 좋겠어. 찾아오지도 말고."

더없이 치사했지만, 그게 혐오감을 없애는 길이라고 나는 생각했다. 올 때와 마찬가지로 세희는 바퀴가 달린 여행가방에 옷가지와 물건들을 챙겨서 떠나버렸다. 결과적으로 말하자면, 세희가 떠나고 나서 혼란은 더욱 심해졌다.

가끔씩 집에 놀러 온 친구들이 측은하다는 표정으로 그 죽어버린 나무를 바라볼 때가 있었다. 그럴 때면 나는 그 나무의 이름이 뒈져버린 7번국도라고 일러줬다.

"저 나무를 내 키보다 더 크게 키우고 싶었는데, 결국 죽어버린 거야."

친구들은 대개 "내 키보다"라고 말할 때, 나를 쳐다봤다. 그러고는 이렇게들 말했다.

"너, 일산에 오더니 살이 많이 쪘구나."

뒈져버린 7번국도는 마치 앉아서 열반에 든 고승 같았다.

카페 7번국도

　욕설로 전화가 끊어지고 난 뒤, 두 시간 정도 있다가 이번에는 내가 재현에게 전화를 걸었다. 그때까지 재현은 깨어 있었다. 나는 차근차근 설명했다. 내게는 그 안에 담긴 노래가 중요하지, 그 음반 자체가 중요한 건 아니다. 네게는 노래가 아니라 그 음반이 중요할 것이다. 그게 이 세상에 단 하나뿐인 기념품이라는 것도 잘 알겠다. 하지만 한 번 산 물건을 되파는 건 내 적성에 맞지 않는다. 그러니 다른 방법을 생각해보자. 내가 생각해낸 방법은 단골 카페인 7번국도에 그 음반을 맡기는 것이었다. 그럼 판이 보고 싶은 사람은 언제든지 가서 그 판을 보면 되는 일이고, 음악이 듣고 싶은 사람은 가서 음악을 들으면 되는 일이었다. 누구도 패배자가 되지 않는, 말하자면 윈-윈. 물론 소유주는 나여야만 한다. 내 말을 다 듣고 난 재현은 "굿 아이디어!"라고 말했다. 전화를 끊

고 나서 그 목소리를 한번 흉내내봤다. 굿 아이디어! 어쩐지 정상
적인 인간이라는 느낌은 별로 안 들었다. 시계를 보니 새벽 세 시
가 넘어 있었다.

　어쨌든 그 타협의 결과, 비틀스의 그 판은 *카페 7번국도*로 가게
됐다. *카페 7번국도*는 봉원동에 있었다. 어느 해인가, 7번국도로
놀러 갔다가 외계인에게 붙잡혀 갖은 실험 끝에 지구로 귀환했다
고 주장해서 유명해진 사람이 그 카페의 주인이었다. 어느 날, 우
연히 그 카페에 들어갔다가 나는 그의 얼굴을 기억해냈다.

　"어라, 아저씨?"

　"나를 아는가?"

　긴장한 표정으로 그가 나를 쳐다봤다.

　"7번국도에서 외계인을 만났다는 분 아니십니까?"

　"그럼, 당신은 그분이 보내신……"

　나는 팔을 내저었다.

　"그럴 리야 없지 않겠습니까? 몇 달 전에 제대했단 말입니다.
그래서 얼마 전까지 군대에 있었단 말입니다. 취침점호 때문에 침
상을 닦고 있었는데 말입니다. 아저씨 얼굴을 봤었단 말입니다.
아홉시 뉴스에 나왔단 말입니다."

　먼지를 닦는 것인지, 때를 다시 묻히는 것인지, 아무튼 침상을
닦던 게 꼭 엊그제의 일처럼 느껴졌다. 내 말에 그는 실망하는 표
정이었다.

"그런 얘기는 종종 듣습니다."

착잡한 표정으로 그가 말했다.

그의 말에 따르면, 그를 납치한 외계인들은 말머리성운 뒤에다가 우주선을 숨겨놓고 정기적으로 지구의 동태를 살피러 온다고 했다. 카페 주인은 지구의 토산품과 외래품에 대해서 말하기도 했다. 지구의 토산품. 증오, 분노, 비난, 울음, 파괴, 전쟁…… 지구의 외래품. 사랑, 웃음, 농담, 평화, 창조, 우정…… 외계인들이 우호의 선물로 가져온 것 중에는 희망이라는 것도 있었다. 그런 소리를 늘어놓으며 주인이 칵테일을 만들면, 처음 온 손님들은 칵테일을 마시는 것인지 입에다 퍼붓는 것인지, 황급히 술잔을 비우고 카페를 빠져나갔다. 내 경우에는 복잡하지 않아서 그의 주장이 마음에 들었다. 나쁜 것은 지구의 토산품, 좋은 것은 외계인이 선물한 외래품. 참으로 또렷한 이분법이었다. 천기를 누설하기라도 하는 듯이 낮은 목소리로 들려준 우주론 역시 단순했다. 그의 우주론에 따르면, 이 우주는 위계질서가 엄격한 군대조직과 비슷하단 말입니다, 수백억 광년 떨어진 곳에 우리 우주를 관할하는 백색군단이 있단 말입니다, 그 백색군단은 오십억 년 전에 검은별무리와 싸워 승리했단 말입니다…… 아무튼 그게 이른바 제1차 선악대전쟁이라는 것이었다. 그 처절한 전쟁을 치르는 동안, 백색군단의 과학자들은 희망이라는 첨단무기를 발명했다. 백색군단이 제1차 선악대전쟁에서 승리할 수 있었던 것은 다 그 희망 때문이었다. 그래서 주인은 자신이 회장으로 있는 UFO 희망연구회 회원들과 함께 위성방송 수신기처럼 생긴 안테나를 인수봉 뒤에 설치해 말머리성운 저편에서 날아오는 희망의 전언을 녹음할 계획까지 세웠다.

내가 비틀스의 판을 보관해달라고 부탁하자, 주인은 흔쾌히 승낙했다. 그 사람은 존 레논도 지구인들에게 희망사용법을 가르치려고 온 외계인 중의 하나라고 생각했다. 그뒤로 재현과 나는 *카페 7번국도*에서 자주 만났다. 재현은 나보다 세 살 어렸지만, 뭐든지 제멋대로 하려고 드는 꼴을 보면 열 살쯤 어리다고 해도 이상할 게 없었다. 그럼에도 나와 재현이 친구가 될 수 있었던 건 그의 손 때문이었다. 그건 외로움을 이기기 위해 기타를 연습하는 고귀한 손인 동시에 걸핏하면 가운뎃손가락을 치켜세워 욕하는 데 사용하는 더러운 손이기도 했다. 술자리에서 재현은 쉴새없이 떠들었다. 그 시절에는 나도 꽤 떠들었다. 우린 앞다퉈 자기 이야기만 했다. 떠들어대지 않을 때는 자기 자신에 대해 생각했다. 누구도 우리에 대해 말하지 않았고, 또 우리에 대해 생각하지 않았으므로. 그게 우리가 아는 외로움의 정의였다. 그러므로 재현이 장광설을 늘어놓는 동안, 귀를 기울여 듣는 척하면서도 나는 딴생각을 하고 있었다. 그러니까 재현이 서연이라는 이름을 말하기 전까지는.

"비틀스 앨범 재킷에 적혀 있던 그 사람인가? 너와 함께 사랑을 발견한 사람? 그런데 그렇게 위대한 발견을 하고선 왜 헤어지게 된 거야?"

"무슨 질문이 그래요? 보통은 어떻게 만났는지부터 물어보는 거 아닌가?"

"자살하겠다며 팔았던 판을 되팔라고 징징대는 소리를 귀가 따갑도록 들었는데, 어떻게 만났느냐가 뭐가 중요하겠어?"

그러거나 말거나 재현은 자기 마음대로 어떻게 서연을 만났는지부터 얘기했다.

"신입생 때 수업을 빼먹고 학교를 내려가다가 천사처럼 예쁜 여자를 봤어요. 하도 예뻐서 나도 모르게 따라가다보니까 어떤 동아리방으로 들어가더라구요. 그날 당장 그 동아리에 들어갔어요. 풍물패더라구요. 이상한 놈들, 고무신 신고 다니는 놈들, 냄새나는 놈들, 얼굴 안 씻고 다니는 놈들은 죄다 거기 모여 있더라구요. 백설공주와 일곱 난쟁이들처럼 옹기종기 그 여자 주위를 맴돌면서. 경쟁자라는 생각조차 들지 않는, 참 민속적으로 생긴 사람들뿐이었죠. 어쨌거나 그 동아리 풍토가 그랬으니까 나도 그 분위기를 따르려고 당장 학교 이발소에서 머리 짧게 깎고는 풍물을 배우기 시작했어요. 연애하러 갔다가 그만 운동권이 된 거죠, 뭐."

"운동하러 갔다가 연애한 것보다는 백배 낫네."

"그거나 그거나. 처음에는 세미나도 열심히 하고, 가투에도 열심히 나가고. 아예 모르면 모르겠는데, 알고 나니까 사람이 달라지더라구요. 도대체 이런 게 무슨 나라인가? 세상에 이런 나라가 어디 있나? 그래서 시위할 때도 앞에 나서고 했더니 선배들이 참 좋아하데요. 반년 정도 선봉대로 나섰더니 키워주겠다는 선배가 나왔어요. 난 여전히 지미 페이지를 신으로 받드는 사람인데. 그런데 그 선배가 그러더라구요."

"이젠 마르크스를 신으로 모시라고?"

"아아아, 그런 거라면 내가 얼마든지 하겠는데, 언더서클로 가기 전에 확실하게 해두어야 할 일이 있다더니 서연이하고 무슨 관계냐고 묻더라구요. 그래서 무슨 관계라니요, 라고 내가 되물었어요. 그랬더니……"

"그랬더니?"

"잤냐, 라고 묻더라고요."

재현이 말했다.

"잤냐?"

내가 그 말을 흉내냈다.

"똑같네. 맞아, 그렇게, 사람 떠보듯이."

"그래서?"

재현이 콧방귀를 뀌었다.

"그때 우린 이미 사랑하고 있었거든요. 하지만 그건 플라토닉한 것이었어요. 그랬더니 플라토닉이든 아니든! 이라며 내 말을 끊더군요. 계속 운동하겠다면, 연애는 안 돼. 그래서 그 자리에서 그럼 운동 그만두겠습니다, 라고 했어요. 당연하지, 사랑도 못하게 하는 게 운동이라면 그걸 왜 하나요? 그랬더니 내 말을 믿을 수 없다면서 미친놈처럼 소리를 지르더라구요. 그 며칠 뒤부터 서연이가 이상해졌어요. 날 피해다니고, 만나도 서먹서먹. 나중에야 우리가 같이 잤다는 소문이 쫙 퍼졌다는 걸 알았어요. 난 더 좋았는데, 어차피 언젠가는 잘 테니까, 그리고 죽을 때까지 잘 테니까. 하지만 서연이는 그게 불편했나봐요. 나보다 선배였으니까 그랬을 수도 있고. 하루는 왜 나를 피하느냐고 물었더니 나를 위해서라고 말하더라구요. 처음부터 끝까지 단 한 글자도 이해할 수 없는 소리였어요. 도저히 분풀이를 하지 않고는 견딜 수가 없어서 동아리방에 가서 장구며 꽹과리며 다 찢고 부숴버렸어요. 징은 잘 깨지지 않아서 창밖으로 집어던졌구요. 다른 동아리방에 있던 학생들이 다 창밖으로 내다볼 정도로 징소리가 크게 울렸어요."

"엄청나게 시끄러운 연애담이구나. 얼마나 예뻤으면 꽹과리를 다……"

"알 만하죠."

"그래, 짐작이 간다만, 나도 확실하게 해야겠지. 예뻤다면, 어디, 저기 저 여자 정도?"

내가 한쪽 구석에서 한 남자와 맥주를 마시는 여자를 가리켰다.

"젓가락 하나 부러뜨릴 수 있을까?"

"그럼, 저 정도?"

이번에는 그 옆자리에 혼자 앉은 여자를 가리켰다.

"저기 혼자 우는 여자?"

"지금 우는 건가? 웃는 줄 알았더니."

"실성한 모양이죠."

"어쨌든 저 정도?"

"글쎄, 울고 있어서 잘 모르겠네."

"그래? 그럼 가서 울지 말라고 해야겠다."

가서 보니 새카만 단발머리에 눈이 커다란, 이십대 초반의 여자였다. 미니스커트를 입고 있었는데, 마른데다가 살결이 까매서 예뻤다. 느닷없이 내가 다가가 부탁이 있다고 말하자, 그녀는 코를 훌쩍이면서 나를 쳐다봤다. 그러니까 부탁이라는 건 잠깐만이라도 좋으니 저기 앉은 저 남자를 위해서 울음을 그쳐줄 수 있겠느냐는 것. 그동안 많은 사람들이 누군가를 위해서 운 적은 있었지만, 누군가를 위해서 울음을 그친 사람은 한 명도 없었는데 지금 그 기회를 주겠다는 것. 어이없다는 듯 여자는 나를 바라보다가 실없이 웃었다. 그 순간, 나는 내가 그녀를 사랑한다는 사실을 불현듯 깨달았다. 사랑하겠다고 생각한 것도, 사귀고 보니 사랑스러운 것도 아니라 만나자마자 내가 그런 여자를 사랑하고 있다는 것을 알게 됐다는 뜻이다. 나는 그녀를 우리 자리까지 데려왔다.

"데려올 필요까지는 없었는데……"

재현이 말했다.

"내 타입은 전혀 아니라서."

내가 재현을 한번 쳐다봤다. 그리고 다시 그녀를 바라봤다.

"이것 좀 봐도 괜찮아요?"

그녀가 들고 온 워크맨에 관심이 갔다. 여자가 고개를 끄덕였다. 열어보니 세풀투라의 테이프가 들어 있었다.

"이런 노래를 좋아하나봐요."

내가 물었다.

"이런 노래가 어떤 노래인지 난 몰라요. 어떤 남자한테서 통째로 뺏어온 거예요. 나 말고 다른 여자를 몰래 만나기에 오늘 차버렸어요. 이 워크맨은 좋은 추억으로 남기기 위해 압수."

말은 단단했는데, 사람은 물렁했다.

그다음부터는 내가 떠들었고 재현은 더이상 술을 마시지 않았다. 세풀투라의 노래에 대한 이야기에서 시작해 이것저것 말하면서 관찰한 결과, 나는 그녀가 일본어에 능숙하다는 사실과 일본어를 배우기 위해 만화영화를 보다가 결국에는 그쪽으로 진로를 결정했다는 사실을 알아냈다. 그래서 이번에는 〈은하철도 999〉와 〈천년여왕〉과, 또다른 일본 만화영화들에 대해 닥치는 대로 떠들었다. 마치 그 순간을 위해서 1980년대 초반의 일요일 아침마다 텔레비전 앞에 앉아서 새로운 에피소드를 꼬박꼬박 챙겨본 사람처럼. 그녀도 일요일 아침마다 그 만화영화를 본 사람이며, 그 시절이 제일 행복했다고 말했다. 하지만 딱히 만화영화 때문에 행복한 것은 아니었다고 덧붙였다. 그러자 재현 역시 그 일요일 아침에 대해 얘기했다. 나는 우리 세 사람이 각자 다른 집에서, 하지만 같은 만화를 보는 광경을 떠올렸다. 그건 좀 놀라운 일처럼 느껴졌다.

하지만 그건 내 생각일 뿐이고, 이내 두 사람은 〈은하철도 999〉에 나오던 메텔이 사이보그냐 아니냐를 두고 말다툼을 시작했다. 그녀는 메텔의 샤워 신을 기억하고 있었고, 재현은 메텔의 손에서 나가던 빔을 언급했다. 장난처럼 시작한 말다툼이 점점 커지더니 마침내 그녀가 자리에서 일어났다. 그녀가 나가고 나니, 난감한 표정을 짓고 있다가 데려오겠다며 재현이 따라나섰다. 멍청하게도, 진짜 재현이 그녀를 데리고 올 줄 알고 맥주 한 잔을 다 마실 때까지 거기 앉아서 기다린 뒤에야 나는 셋이서 함께 일본 만화영화를 보는 평온한 일요일 아침 같은 건 이 세상에 존재하지 않는다는 사실을 깨달았다. 그 사실을 깨닫고는 스스로 얼마나 한심하게 여겨졌는지, 한동안 자기모멸을 견딜 수가 없었다.

                                        세희를 위한 테마

내 내면의 자아를 꽉 움켜쥔 손아귀에서
나 자신을 찾아야 해
어떤 미래도 내 우울을 달랠 수는 없지
내 안에는 어떤 희망의 단어도 남아 있지 않아
증오만이 이어질 뿐

(후렴)
나를 봐
내 감정들은
증오보다도 더 지독해지고 있어
여기가 어디인지,
또 어디로 가야 할지

내가 선택할 수 있는 길은 하나도 없어

저 구름을 본 적이 있어

나를 기억하는 구름이야

이렇게 나는 메말라가고 내 감정들은

증오보다도 더 지독해지고 있어

여기에는 아무도 없어

또 어디로 가야 할지

나는 이미 오래전에 죽어버린 사람이지

(후렴)

살아오는 동안 후회만 했어

나를 기억하는 땅은 이제 그 어디에도 없지

죽은 사람들의 시신 위에 나는 서 있는 거야

나는 드디어 복수심을 되찾은 거지

내 밑에 지금 무엇이 누워 있는지

더이상은 누군가에게 갇히지 않을 거야

믿음을 모두 잃은 채로 여기 서 있는

내게는 어떤 사회적인 가치도 없어

다시 살겠다는 말은 거짓이야

내 삶은 괴로울 만한 가치도 없어

(후렴)×2

내 삶은 괴로울 만한 가치도 없어

바빌론의 여러 강변 거기에 앉아서

외할머니가 죽고 난 뒤, 세희는 꽤 오랫동안 울었다. 가족(이랄 것도 없지만) 중에서는 유일하게 자신을 이해하던 분이 돌아가시니 외롭고 또 무서워, 자기 몸에서 눈물이 나와 스스로 위로한 것이다. 세희는 뺨을 타고 흐르는 눈물이 자신을 너무나 사랑하는 사람의 따뜻한 손길 같은 것이리라 생각했다. 외할머니가 죽고 난 뒤부터 우리를 만날 때까지, 살아 있는 인류 중에서는 그런 사람이 없었다.

장례 기간 동안 세희는 꽤나 열심히 사람들의 시중을 들었다. 세희와 그다지 사이가 좋지 않았던 외숙모조차도 "안 그래도 비좁은데 왜 안 하던 짓을 다 하니?"라고 말할 정도로 부산스럽게 장례 준비와 뒤치다꺼리를 도맡았다. 외할머니의 영정 앞에는 평소 그분이 즐겨 읽으시던 시편의 구절이 펼쳐져 있었다.

우리가 바빌론의 여러 강변 거기에 앉아서 시온을 기억하며 울었도다. 그중의 버드나무에 우리가 우리의 수금을 걸었나니 이는 우리를 사로잡은 자가 거기서 우리에게 노래를 청하며 우리를 황폐케 한 자가 기쁨을 청하고 자기들을 위해 시온 노래 중 하나를 노래하라 함이로다. 우리가 이방에 있어서 어찌 여호와의 노래를 부를꼬. 예루살렘아 내가 너를 잊을진대, 내 오른손이 그 재주를 잊을지로다. 내가 예루살렘을 기억지 아니하거나, 내가 너를 나의 제일 즐거워하는 것보다 지나치게 아니 할진대, 내 혀가 내 입 천장에 붙을지로다.

외할머니가 그 구절을 읽어줄 때면 마치 노래를 듣는 듯 세희의 귀가 즐거웠었다. 5월의 바람처럼 음절들이 세희의 머리칼을 날리며 그 손을 잡고 바빌론의 그 강변에서처럼 포로로 살아가는 이 세상이 아닌, 어딘가 다른 먼 곳으로 데려갔다. 어딘가 다른 먼 곳. 아마 외할머니는 먼저 거기로 간 것이리라.

그런데도 세희는 오랫동안 그 사실을 알아차리지 못했다. 외할머니의 시신이 거기 어딘가에 누워 있는 줄도 모르고 세희는 너무 바빴다. 지금 난 바빌론 강변 따위를 생각할 겨를이 없어요. 문상객들이 먹고 간 그릇을 치우는 세희의 표정을 보면 마치 그렇게 말하는 것 같았다. 가끔씩 남은 음식을 큰 그릇에 담으면서는 이런 생각도 했다.

이렇게 바쁜데, 도대체 할머니는 어디 간 거야?

아무리 부지런한 사람이라도 자기 장례식 때는 쉴 수밖에 없었는데, 세희는 그걸 몰랐다. 하지만 장례식이 끝난 뒤에는 외할머니가 어디 갔는지 알아야만 했다. 찬송가를 들으며 외할머니는 고향이 아닌, 타향 공원묘지의 싸늘한 땅속으로 들어갔다. 거기에는 외할머니 말고도 수많은 죽음들이 모여 있었다. 대단하네, 저렇게 많은 묘지들이라니. 세희는 혼자 중얼거렸다. 땅속은 어지간히 어두울 거야. 그냥 아침에 눈 감고 자는 척 누워 있는 것보다는 훨씬 더.

그렇게 장례식을 끝내고 일 도우러 왔던 친척과 이웃들이 모두 떠난 뒤에야 세희는 외할머니가 죽었다는 사실을 인정했다. 아니지, 죽었다기보다는 이제는 더이상 바빌론 강변이 아닌 곳에서 세희를 생각하면서 눈물지을 것이라는 사실을. 어쨌든 죽는다는 건 며칠 어디 다니러 간 것과는 차원이 달랐다. 죽음은 무엇으로도 극복할 수 없는 결여였다. 살아가겠다면 그 공백을 비어 있는 대로 받아들여야만 했다. 그 엄청난 공백에 비해서 우리가 땅에 묻는 시신은 얼마나 작은가, 얼마나 보잘것없는가. 그제야 세희는 자기 안에 얼마나 큰 공허가 생겨났는지 깨닫게 됐다. 세희의 큰 눈에서 눈물이 쏟아졌다. 외할머니의 육신이 땅에 묻히던 순간에도 눈물조차 흘리지 않았던 세희인데, 깊은 밤 느닷없이 소리를 지르며 깨어서는 펑펑 울음을 터뜨렸다. 외숙모가 자다가 뛰어와 세희의 뺨을 감쌌지만, 세희는 외숙모의 손길을 뿌리치고는 미친 사람처럼 "괜찮아요. 전 괜찮아요"라는 말만 되풀이했다. 그날 세희는 화장실로 가 문을 걸어잠그고 하염없이 눈물만 흘리다가, 눈물이 좀 잦아들라치면 차가운 물로 얼굴을 씻다가, 그러다가 어쩌다가 그만 변기 뚜껑 위에 앉아 잠이 들었다. 이상하게도 화장실의 냉랭한 분위기가 세희의 허한 마음을 달랬다. 십자가의 요한처럼 일종의 고행을 한 셈이었다. 외할머니는 땅속에서 꽤 추울 텐데, 세희만 혼자 편안하게 잠들 수는 없었으니까. 잠자면서 세희는 생각했다. 언젠가 나도 바빌론 강변에서 벗어나겠지.

외할머니의 고향은 사리원, 황해선과 장연선 두 철도가 분기하는, 교통의 요지였다. 매일 하염없이 돌아다니는 떠돌이들, 살길을 찾아 북쪽으로 이주하는 일가족들, 돈을 찾아서 전국을 쏘다니는 장돌뱅이들이 몰려들어, 골목은 타관의 사투리로 떠들썩했다. 사리원역 근처 여관집 딸이라 그런지 외할머니는 본디 사교적이고 낙천적이었다. 하지만 가족들이 그 사실을 실감한 건 말년이다 되어서였다. 매사에 서슬이 시퍼렜던 외할아버지가 생존해 있을 때만 해도 일제시대에 태어나 한국전쟁을 거쳐 고도 성장사회를 지나온 또래의 여느 할머니들처럼 집안일만 하면서 지냈는데, 남편이 죽고 나자 의지할 데도 없고 두렵기도 했던지 외할머니는 되려 전보다 더 활달한 태도를 보였다. 가끔씩 외할머니가 자신도 모르게 흥얼거리던 현숙의 〈정말로〉는 외가 식구들 사이에서 한

동안 히트곡이었다. 가슴이 찡할까요, 정말로. 눈물이 핑 돌까요, 정말로. 그런 노래 끝에 외할머니는 '나 요새 되게 외롭다'고 말하며 손끝으로 왼쪽 가슴을 가리켰다. 아, 다시 듣고 싶어라, 그 말씀. 이젠 외롭지 않으시니까, 천국에서는 다시 예전처럼 묵묵히 외할아버지 뒷바라지를 하시는 건가요? 외로우셨다지만, 그때 할머니 정말 멋있었어요. 저도 그걸 배울래요. 세희는 일기를 쓰는 초등학생처럼 그렇게 다짐했다.

외할머니가 살아 있을 때, 세희는 치마를 잘 입지 않았다. 외할머니는 세희에게 왜 치마를 입지 않으냐고 여러 번 물었다.

"요즘 애들은 안 그렇던데, 세희는 왜 치마를 입지 않니? 미니스커트 입으면 참 예쁠 텐데. 내가 십 년만 젊었어도 아주 동네를 주름잡고 다녔을 거야, 호호호."

이에 대한 세희의 답변은?

"전 여자들이나 입는 치마는 절대로 안 입을 거예요."

세희는 그런 여자였고.

"여자만 입을 수 있으니까 더군다나 입고 다녀야지."

세희의 외할머니는 또 그런 여자였다. 세희의 엄마가 어떤 사람인지 나는 전혀 모른다. 하지만 그런 세희를 볼 때마다 아마도 외할머니는 세희의 엄마, 즉 당신의 막내딸을 떠올렸을 것이다. 언젠가 외할머니와 외숙모가 저녁 반찬으로 쓸 나물을 다듬던 오후에 세희는 엄마 얘기를 엿들은 적이 있었다. 장례까지 치렀으니 이제 외할머니는 하늘나라에서 나이 많은 남자를 사랑한다고 해서 그토록 속을 썩였던 막내딸과 재회했을 것이다. 세희는 아주 오래전부터 엄마 없이 산다는 건 팔이나 다리 하나가 없이 살아가는 것이나 마찬가지라는 사실을 알고 있었다. 세 살 무렵부터, 어쩌면 그 이전부터. 세희는 장애아로 태어난 것과 마찬가지였다. 유난히 보수적인 아버지를 싫어해 부러 더 선머슴처럼 지냈다던, 하지만 누구보다도 똑똑하던 세희의 엄마는 단 한 번의 실수로 (그 실수에는 세희의 존재도 들어간다) 자기 삶을 망쳐버렸다. 외할머니는 세희가 제 엄마를 닮을까봐 걱정이 많았다.

하지만 정작 세희에게는 엄마에 대한 기억이 남아 있지 않았다. 세희가 아기였을 때, 외할아버지가 세희를 외갓집으로 데려왔다. 그게 오른팔이 잘려나가는 일과 같은 것이라면, 애당초 세희에게는 오른팔이 없었다고 생각하면 되는 일이었다. 원래 자신에게 없었던 것을 그리워할 수 있을까? 고래가 날개를 그리워할 수도 있나? 게다가 듣기로는 그 엄마는 세희와 떨어질 때조차 비교적 담담한 표정이었다고 했다. 울지도 않았고, 길을 막아선 것도 아니었다. 그럼, 엄마가 딸을 위해 한 일은 도대체 뭐야?

외할머니가 죽고 난 뒤의 어느 날. 세희는 식탁에 앉아 있다가 외숙모에게 아버지에 대해서 물었다. 외숙모는 쌀을 씻다가 아버지란 말에 고개를 돌리고 한동안 세희를 쳐다봤다.

"그래, 이제 너도 알아야겠지."

외숙모는 고무장갑을 벗고 안방으로 들어갔다. 한참 만에 외숙모는 한 남자의 사진을 가져와 세희에게 보여줬다. 그 며칠 뒤, 저녁상 앞에서 세희는 일본에 가겠다고 선언했다. 여동생에 관한 불편한 기억들을 늘 무의식 저편으로 보내려고 노력했던 외삼촌은 수저를 집어던지며 외숙모를 향해 버럭 소리를 질렀다. 외숙모는 고함소리에 질리기도 하고, 세희 앞에서 무안하기도 해서 맞고함을 질렀다. 그 모습을 보고 세희는 더군다나 그 집에서 나가야겠다고 마음먹었다. 외할머니가 죽고 난 뒤부터 어차피 외삼촌을 포함해 집안 식구들이 모두 낯설게 느껴지던 차였다. 그 집은 세희의 집이 아니었으니까. 이따금 세희는 담장을 따라 5월의 덩굴장미가 아름답게 피어나는 이층집을 볼 때면 눈물이 났다. 시원한 저녁바람에 어스름이 파도처럼 밀려드는 골목길을 걸어가면서 저녁상 앞에 가족들이 둘러앉아 떠들썩하게 식사하는 광경을 상상하는 사람이라면 집이 없는 떠돌이이리라. 세희는 자신도 떠돌이의 운명을 타고난 것이라고 생각했다. 내가 쉴 수 있는 곳은 할머니가 먼저 가 계신 거기뿐이야. 난 눈물 따위는 흘리지 않을 거야. 그렇게 생각한 뒤로 세희는 화장을 하고 짧은 스커트를 입기 시작했다. 외할머니가 살아 있었더라면 꽤 좋아했을 텐데, 역시 죽음은 결코 돌이킬 수 없는 일이었다. 세희는 살아 있다는 걸 확인이라도 하려는 것처럼, 혹은 외할머니처럼 외롭다는 사실을 감출 속셈이었던지 그다지 오래가지 않을 사랑들에 몰두했다. 후회? 그런 건 들어올 틈이 없었다. 어쨌든 사랑하는 동안, 세희는 살아 있었으니까. 누군가 정신병원에 간 알튀세르를 가리켜 '살아 있는 죽은 사람'이라고 말했는데, 세희가 바로 그런 사람인 것 같았다. 남자들은 자기하고 잠을 자니까 세희가 외로울 리 없을 거라고 생각했겠지만, 그럴 리가. 외할머니에게 배운 건 외로움과 사이좋게 지내는 것이었어. 세희는 가끔씩 남자와 자고 나서 그렇게 생각했다. 외로움은 나의 가장 친한 친구. 외할머니는 이제 나를 생각하면서 눈물을 흘리시겠네. 분명, 그러시겠네.

재현이 내게 했던 세 가지 욕설 중 그 두번째

제발 설교 좀 하지 마. 잘 알지도 못하면서 그런 소리 하면 안 되는 거야. 걔가 지금 어떤 처지인지 알기나 하고 하는 소리야? 세희보다 더 나쁜 건 바로 너야. 세희는 멍청할 뿐이지만, 너는 멍청한데다가 위선적인데다가 비열한데다가 사악하기까지 해. 그런 주제에 잔소리가 다 뭐야! 어른 흉내를 내는 거지. 잘 알지도 못하면서 무조건 안 된다고 말하며. 울고 있으면 울면 안 된다고, 웃고 있으면 또 웃으면 안 된다고. 누굴 사랑하면 사랑하지 말라고, 혼자 지내면 혼자 지내지 말라고. 그렇게 말하는 게 어른이잖아. 하지만 진짜 어른도 아니니까 어설프게 흉내나 내려는 거지. 우리가 어디서부터 어디까지 다른 것 같아? 내가 어떤 사람인지 말해줄까? 우리 아버지가 어떻게 죽었는지 얘기해줄까? 학도병으로 세계대전에 참전했다가 전사했어. 그저 단칼에 꽃이 꺾이듯이 총알 한 방에 일생 동안 흘릴 피를 다 흘리고 죽은 거야. 설마 이런 소리를 곧이곧대로 믿는 건 아니겠지? 그렇게 순진한 얼굴로 이런 황당한 이야기를 믿는 척하니까 네가 위선적이라는 거야. 네 말대로 나는 입만 열었다 하면 거짓말이거든. 사실 우리 아버지는 에이즈로 죽었어. 아니, 실은 매독균이 척추를 다 갉아먹어서 날마다 조금씩 키가 작아지더니 어느 날 먼지처럼 사라졌어. 씨팔, 내가 알 게 뭐야? 좆같은 일이지. 아버지 따위 간디스토마에 걸려서 죽었든, 죽창에 찔려서 죽었든. 정보부에 끌려가 고문 끝에 반신불수가 된 뒤, 등창이 생겨 밤마다 짐승처럼 울부짖다가 침대만 죄다 버려놓고 죽었든. 내가 무슨 거짓말을 만들어내도 너는 지금처럼 깜짝 놀라는 표정으로 되지도 않는 헛소리를 위로의 말이라고 늘어놓겠지. 지금까지 우린 씨팔놈에다가 가짜, 사기꾼으로 서로 만난 거야. 그럴 바에야 왜 사람과 사람이 만나겠어? 우리 다시는 만나지 말자. 세희한테도 전해줘. 한 번만 더 내 방에 찾아오면 가만두지 않겠다고. 죽여버린다고 전해. 알았어?

Route 7

I say I wanna go Route 7,

well you know we all want to change the world.

I tell you that it's evolution,

well you know we all want to change the world.

But when you talk about indifference,

don't you know that I can count you out?

Don't you know it's gonna be hopeless, helpless……

　울진군을 여행하다가 우리는 매화2리라는 마을에 이르렀다. 7번 국도에서 물이 말라 자갈뿐인 하천을 건너가면 나오는 마을이었 다. 우리는 그 마을에서 하룻밤 자기로 했다. 다리를 건너가니 도 로에 서서 볼 때와는 달리 제법 번화한 거리가 나왔다. 초·중·고등학교에 재래시장과 모텔과 고기를 파는 '가든'까지도 있었다. 텐트를 치기에는 학교 운동장이 가장 좋아서 초등학교로 바로 갔는데, 거기에서는 무슨 캠핑대회가 열리는지 전국 각지에서 온 학생들이 이미 운동장을 차지하고 있었다. 하는 수 없이 우리는 매화종합고등학교로 갔다.

학교 운동장에 텐트를 치려면 먼저 교무실로 가서 허락을 받아야 했다. 자전거로 7번국도를 여행하는 학생들이라고 소개하면, 대부분의 선생들은 흔쾌히 허락했다. 그날만 열한 시간 동안 자전거를 탔기 때문에 우리 꼴은 말이 아니었다. 티셔츠는 땀에 젖어 축 늘어졌고 얼굴은 피곤과 매연으로 지쳐 있었다. 교사 안으로 들어가는 문을 찾지 못해 이리저리 헤매다가 우리는 교무실 방충망 사이로 안을 들여다봤다. 남자선생을 예상했는데, 뜻밖에도 여선생이 나왔다. 나와 나이가 비슷하거나 더 어릴 것 같았다.

"와 그러는데예?"

방충망을 사이에 두고 우린 서로 바라봤다.

"저희는 자전거를 타고 7번국도를 여행하는 학생들인데요, 저기 운동장에 텐트를 쳐도 될까 해서요."

"텐트를예?"

여선생은 뭔가 생각하는 눈치였다.

"글쎄……"

"딴 데 따로 텐트 칠 만한 곳이 없어서요."

재현이 말했다. 우리는 이미 매화2리 초입의 천변을 탐색했었다. 자갈이 많아서 누우면 등이 좀 아프긴 하겠지만, 정 어렵다면 거기에도 텐트를 칠 수는 있었다.

우리는 여선생의 눈을 바라봤다. 한참 있다가 그녀가 말했다.

"그래, 그냥 치세예. 내가 숙직새임한테 잘 말해보지예. 그냥 치세예. 어따 친다고예?"

우리는 동시에 교사 한쪽 끝을 가리켰다.

"예, 치세예. 그라꼬 물은 저기 있는데, 저짝 수도에서는 뭐가 나온다고 못 먹게 하니까 먹지 말고예. 이짝에서 먹어야 됩니다. 아이다, 그라지 말고 여기 생수 있는데 좀 드릴까예?"

여선생은 당장 생수를 들고 올 것처럼 말했다. 우리는 두 손을 내저으며 사양했다.

"아니에요. 그냥 저 수도에서 받아 먹을게요."

"그래도 생수가 나을 낀데……"

여선생은 정말 생수를 주지 못해 안타깝다는 표정으로 말했다.

"그란데 7번국도는 어떻게 여행하게 됐어예? 디기 위험할 낀데……"

"아, 비틀스의 〈Route 7〉이라는 노래 때문입니다. 7번국도에 대한 노래예요. 좀 절망적인 노래죠."

내가 말했다.

"비틀스가 그런 노래를 불렀어예?"

"예. 그 노래를 부를 즈음에는 이미 폴 매카트니와 존 레논의 사이가 벌어지기 시작했죠. 그게 다 오노 요코 때문이에요."

여선생은 멍한 표정으로 나를 쳐다봤다.

"그게 다 오노 요코 때문에 그래 됐구나. 좋은 거 마이 배우네예. 근데 비틀스가 이 먼데 있는 7번국도를 우째 알았을까? 하기사 우째 알았든 그게 나한테 뭐가 중요하겠나. 그냥 치세예."

그래서 우리는 '그냥' 텐트를 치기 시작했다. 돌이 많은 지방인지 땅을 파보니 돌멩이가 많이 나왔다. 돌이 없는 자리를 찾아 우리는 운동장 여기저기에 펙을 박아봤다. 펙이 들어가지 않는 곳이 많았다. 텐트를 다 쳤을 무렵, 숙직하는 남자선생이 나타나서는 다음날 아침에 보충수업하러 학생들이 일찍 등교하니 텐트를 교사 쪽이 아니라 운동장 건너편으로 옮겨달라고 했다. 겨우 돌이 많지 않은 곳을 찾아냈던 터라 귀찮았지만 어쩔 수 없었다. 숙직선생이 가리키는 대로 평행봉 뒤쪽으로 옮기기 위해 우리는 텐트를 '그냥' 철거하기 시작했다.

"그란데 그 노래를 우째 알았습니까?"

숙직선생이 느닷없이 물었다.

"이 상황에 노래는 뭔 노래 말입니까?"

내가 투덜거렸다.

"비틀스 노래 말이지예. 아까 들어본께 남선생이 그라데예."

"남선생님이요? 아까 그 여선생님 말인가요?"

"성이 남가라서 여선생이지만 남선생이라 캅니다."

우린 웃었다. 기분이 좀 풀렸다.

"아, 그거요. 중고로 구했지요. 도넛판으로. 부틀렉 레코드였어
요. 그러니까 정규음반이 아닌 불법 레코드죠. 녹음실에서 유출되
거나 공연장에서 몰래 녹음된 음반 같은 거요."

"캬아, 거 존 노랜데. 지도 불법으로 들었다 아입니꺼. 지는 빽
판으로 들었습니다. 그 노래 때메 이 산골 만디에 처박히서 선생
질이나 하고 있다 캐도 과언은 아닐 낀데. 그 노래 들어보만 그래
말하지예. 7번국도에만 가만 모든 기 다 잘될 기라고. 그게 다 이
십 년도 더 전의 일이라예."

그 말에 낑낑대며 펙을 뽑던 재현이 말했다.

"그런 노래도 아시는 분이 왜 이렇게 우릴 힘들게 하시나요?"

"하하핫, 여 와서 결혼도 하고 아도 낳고 완전히 여 사람 다 됐
응께 그 노래도 이제쯤은 아슴아슴합니다. 마, 서울은 지금쯤 우
째 됐는가, 갑자기 그런 것도 궁금하고예."

"진짜 그 노래 때문에 여기까지 온 건가요?"

내가 물었다.

"그런 표정을 지으면서 눈물을 꾹 참고 '여기까지'라 카만, 영
문도 모르고 듣는 사람들은 내가 무슨 중죄를 짓고 유배라도 왔다
고 생각할는지 몰라도예. 그게 아이고 나도 대학생 때 무전여행하
다가 7번국도에 홀딱 반했던 기라. 그래갖꼬 대학 졸업하자마자

일루 도망쳐왔부렀으니까 우리 아바이 오마니 마음고생 마이 시켜드렸지. 그런데 말입니다, 그 노래가 다 헛끼라예. 여 와가 이십 년을 넘게 살았는데, 되는 기 하나도 없다 이 말입니다. 아무리 멀리 와봐야 세상은 다 똑같은 기라예. 그 노래 얘기하니까 옛날 생각도 나고, 애처로운 마음도 들고 그라네예. 우짠 맘을 먹고 이래 여행을 시작했는가는 모르겠지만, 나처럼 그런 생각은 애저녁에 버리삐는 게 좋을 끼라예. 삶은 우야든둥 지금 여게 있는 거지, 어데 멀리 있는 게 아닌 기라예. 우째 됐건 젊은 시절의 고생은 돈을 주고 사서라도 한다 카는데, 그냥 유람한다고 생각하고 몸 성히 놀다 가시이소."

그러더니 그는 돌아서서 교무실 쪽으로 걸어갔다. 그의 어깨가 무척 쓸쓸해 보였다. 노을 쪽으로 걸어가는 그의 모습을 보고 있자니 비틀스가 노래했고 그가 꿈꿨으며 지금 우리가 달려가고 있는 7번국도는, 결국 노을이 지는 바로 그 순간처럼 아름답지만 금세 사라지고 마는 찰나의 시간을 뜻하는 게 아닐까는 생각이 들었다. 우리가 텐트를 옮겨 평행봉 뒤쪽에다 다시 설치하는 동안, 노을은 점점 산 너머로 넘어가더니 이내 박명만 남기고 사라졌다.

1991년의 서연을 위한 테마

슬퍼하여라, 거울 속의 스승들이여
나는 이제 나의 눈을 철거하겠어
나를 위한 성찬식도, 훔쳐보던 모든 수업도
한낱 정전된 밤의 아우성에 불과할 뿐,
보았던 모든 것들은 양초처럼
슬슬 사라져가는 비굴한 기억들이었고
그림자 놀이처럼 흐느적대는 손장난이었어

또한 나는 귀를 철거할 것이며
코와 혓바닥과 손가락과 심장을 도려낼 거야
난 지 사흘 만에 온 곳으로 돌아간 아이처럼
영문도 모르고 이 세계에 던져졌으니,

이제 나의 이 꿈이란 아름다운 생을 만드는 것
흘린 땀으로 지은 집에서 살게 되는 것

살아남는 법을 가르쳐준 파도들이여,
소리내어 울지 않는 법을 일러준 강물들이여,
다만 나는 저물어가는 빈 방에 불과한 것을
불 밝히면 어두워지는 침침한 눈동자에 불과한 것을

잘 있어, 슬픔을 방관하던 별들
위안을 모르던 무심한 플라타너스들
보내는 고통은 오래지 않을 거야
한 어둠이 사라져도 빈 자리 보이지 않듯이

기억 속에만 존재하는 7번국도

그걸 보자마자, 금방 나는 그게 *1991년의 서연*이라는 걸 알 수 있었다. 여태 스물한 살. 당연히 재현이 떠올라야만 했는데, 그때는 얼른 그런 생각이 나지 않았다. 나는 경부선 고속터미널에 있는 롯데리아에서 불고기버거와 콜라를 먹고 있었다. *1991년의 서연*은 말 그대로 내 눈앞으로 '솟아올랐다'. 아래층 지하에서 에스컬레이터를 타고 올라왔기 때문이었다. 나는 입 안 가득 불고기버거를 씹으면서 빨대로 콜라를 마시다가 그 모습을 봤다. 보자마자 나는 서연이 감염된 병이 무엇인지 알 수 있었다. 그건 삶의 특정한 순간에 D.S., 즉 달세뇨 표시를 무한정 찍는 일과 비슷했다. 말하자면 '루프Loop로서의 삶'이라는 질병이었다. 시간이 폐쇄회로에 갇힌다는 뜻인데, 그렇게 되면 더이상 희망이 없다. 자기의 필요 때문에 재현은 서연을 그런 상태에 빠뜨린 것이었다. 그래서

*1991년의 서연*은 여태 스물한 살의 나이로 저렇게 유령처럼 떠다니는 것이다.

*1991년의 서연*은 새침한 표정으로 에스컬레이터에서 내려 매표소 쪽으로 걸어갔다. 더운 날씨였음에도 *1991년의 서연*은 겨울옷을 입고 있었다. *1991년의 서연*의 발소리는 내게 이렇게 말했다.

"당신 생각이 맞아요. 저를 이렇게 만든 건 재현의 기억이에요. 하지만 저 역시 재현을 사랑했기 때문에 기꺼이 재현의 기억 속으로 이렇게 들어온 거죠. 이건 환영이 아니고, 저도 유령이 아니에요. 재현을 너무 욕하지 마세요. 시간이 흐르지 않는다는 게 얼마나 쓸쓸한 일인지 당신은 잘 모를 거예요. 나만 두고 이 세상 전부가 멀리 떠나버리는 듯한 느낌이랄까. 하지만 저는 이런 루프로 유폐되기를 자청했어요. 우린 서로, 아주 깊이 사랑했지요. 영원히 그 모습 그대로 변치 않기로 약속했어요. 스무 살 시절로. 그때의 모습으로. 이제 나는 당신의 *뒈져버린 7번국도*처럼 고양이라거나, 하늘도, 의자도, 폐허도, 그 바람도, 그 열기도 될 수 없는 몸이지요. 저는 오직 *1991년의 서연*일 뿐, 다른 뭔가로 바뀔 수 없게 됐지요. 그래서 행복하냐고 묻는다면, 예, 그래서 전 행복하답니다. 저는 1991년 3월 7일, 이렇게 에스컬레이터를 타고 올라와 저기 매표소에서 광주로 가는 버스표를 끊었어요. 앞으로도 이런저런 곳에서 저를 보실 수 있을 거예요. 그러더라도 너무 놀라지는 마세요."

다시 새로운 *1991*년의 서연이 내 눈앞으로 솟아오를 때까지, 나는 반쯤 먹다만 음식을 내버려두고 슬금슬금 터미널을 빠져나 갔다. 재현에게 욕을 퍼부으면서. 빌어먹을, 개새끼라고.

7번국도로 여행을 떠나게 되기까지

해마다 5월과 11월이 되면 영화진흥공사에서 창작 시나리오를 공모했다. 일 년 남짓 방송사에 다니면서 모아둔 돈과 틈틈이 잡지사 아르바이트를 해서 번 돈을 거의 다 써버린 나는 그 공모에 시나리오를 투고하기로 결심했다. 아직 아카시아 꽃이 피어 있던 때여서 밤에 집으로 돌아오는 길이면 온 동네가 하얗게 반짝거렸다. 서점에서 여러 종류의 시나리오 작법서를 사와서는 밤마다 캔맥주를 마시며 읽었다. 평소 내가 생각하는 건 한 가지뿐이다. 세상 모든 일들은 그 무엇이든 단 한 가지만 알아두면 충분했다. 예컨대 취직한다는 건 돈을 벌기 위한 목적 하나뿐이다. 사명감을 가지면서, 동시에 돈을 벌 수는 없는 일이었다(그런 점에서 나는 첫번째 직장에서 실수를 저질렀던 셈이다). 책을 읽을 때도 저자가 말하고자 하는 수많은 것들 중에서 내게 와 닿는, 단 한 가지만을 기억하려고 노력했다. 이따금 아르바이트로 잡지사 인터뷰를 진행할 때도 내가 던지고 싶었던 질문은 하나뿐이었다. 나머지는 거의 중요하지 않았다.

　나는 만화책을 보듯이 작법서들을 읽어치웠다. 여러 권의 책을 다 읽고 나니 역시 한 가지 작법만 머리에 남았다. 카메라 워크까지 알려주느라 혼을 쏙 빼놓는 책도 있었지만, 실질적으로 도움이 된 건 일본인이 쓴 책이었다. 거기에는 한 신에 하나씩 반드시 필요한 대사를 공들여 창작해내되, 그밖의 나머지 대사들은 누구라도 쓸 만한 것들로 채우라는 충고가 나와 있었다. 그 사실 하나를 마음에 새겨두고 나는 다 읽은 책을 헌책방에다 모두 팔았다. 그 돈으로 나는 아이스크림을 사먹고, 음반가게로 가서 바비 빈튼의 음반을 구입했다. 바비 빈튼의 〈외로움 씨〉는 그 무렵 내가 무척 좋아하던 노래였다. 나는 지금도 그 노래를 따라 부를 수 있다. 외로움. 나는 외로움 씨. 나는 군인. 외로운 군인. 집에서 멀리 떨어져 희망이라고는 전혀 없기 때문에 외로운 거야. 나는 외로움 씨. 집으로 돌아갔으면 좋겠어. 이따금 외롭다고 생각하지 않는데도 그 노래가 흘러나올 때도 있었다.

　그 음반을 들고 카페 7번국도로 갔다. 먼저 온 재현이 비틀스의 판을 만지작거리고 있었다. 재현은 항상 그 판을 만질 뿐, 음악을 듣지는 않았다. 음악보다도 손에 닿는 그 느낌이 훨씬 더 좋다고 재현은 말했다. 내가 손을 들어 재현에게 잘 지냈느냐고 물었다.

재현은 판을 잡은 채로 내게 왼손 중지를 들어보였다. 안녕하지 못했으니 엿이나 먹으라는 소리였다.

"이제는 제법 손가락으로 다른 짓을 할 여유도 생긴 모양이지?"

"조금만 기다리셔. 〈이럽션〉도 쳐드릴 테니까."

〈이럽션〉은 반 헤일런의 기타 연주곡이었다. 양손 해머링을 발명한 곡이랄까.

"오랜만에 그 판 한번 들어볼까?"

"뭐 하려고? 그냥 만지는 게 제일 좋아."

그때, 마른 수건으로 유리잔의 물기를 닦아내던 주인이 끼어들었다.

"재현이가 뭘 아는 거지. 고수들은 원래 공감각 능력이 뛰어나거든. 소리를 색깔로 듣거나 시를 음률로 읽지."

"마약에 취하면 그렇다던데, 아저씨 혹시?"

내가 물었다.

"아니야, 그런 게 아니고. 나는 지금 깨달음에 대해서 말하고 있는 거야. 깨달은 자에게는 모든 감각의 문이 열리기 때문에, 그 사람들은 볼 수 없는 걸 보고, 들을 수 없는 소리를 들어. 너희들, 1937년 샌안토니오에 나타난 예수 그리스도 이야기 알아? 우리 같은 범인들은 인식의 지평 너머를 보지 못한다는 사실을 설명할 때, 늘 예로 드는 사례지."

물론 우리는 깨닫지 못한 자들이니 그런 이야기도 금시초문이었다.

"교회 위 푸른 하늘에 구름의 형상으로 예수의 모습이 나타났는데, 입에 산소호흡기 같은 걸 달고 있었다고 하네. 그때는 제트기 조종사도, 우주비행사도 아직 없었던 시대라 당시 사람들은 그 형상 자체가 의미하는 바를 이해할 수 없었고, 그래서 사진도 조작하지 않았어. 나중에 음속을 돌파하는 비행기가 나온 뒤에야 바티칸은 그 사진 원본을 압수해 산소호흡기 부분을 없애버렸어. 하지만 원본을 수정했다고 해서 당시 잡지에 실린 사진들까지 모두 바꿀 수는 없었기 때문에 사람들은 그 진실을 알게 됐지. 그러니까 내 말은, 인식의 지평이 넓어지지 않으면 바로 눈앞에 있어도 그걸 못 본다는 거야."

"우린 전부 눈 뜬 장님이란 소리군요. 그때 말했던 안테나는 설치했나요?"

재현이 물었다. 재현은 늘 카페 주인에게 상냥했다.

"물론. 처음에는 인수봉 정상에다가 설치하려고 했는데, 국립공원 관리소에서 국방부의 허가를 받아오라고 하더군. 그래서 국방부까지 찾아갔지만, 우리 회원들의 복장 문제로 위병소를 통과할 수 없었어. 우리의 헐렁한 복장은 보안규정에 걸린다나 뭐라나. 그래서 저녁에 몰래 올라가 백운대 산장 뒤쪽 암벽 사이에 설치했어. 지금도 수신기는 스물네 시간 전파를 수신하고 있지. 일요일 아침이면 다른 회원들과 함께 북한산에 올라가 녹음된 소리를 들어. 아직까지는 의미 있는 소리를 듣지 못했지만, 분명히 존재하는데도 들리지 않는다는 그 모순된 사실이 우리에게 희망을 주는 거야. 그건 아직 가능성이 무궁무진하다는 뜻이니까."

주인이 잔을 내려놓으면서 말했다. 재현은 왼쪽 손가락을 움직이고 있었다.

"참, 그때 너와 같이 술 마시던 아가씨가 와서는 너를 찾던데?"

"만났어요. 지금 제 방에 있어요."

내가 재현을 쳐다봤다.

"놀랄 것 없어. 그냥 갈 곳이 없다고 해서 당분간 내 방에서 지내라고 한 것뿐이니까."

"네가 방을 내주면, 그 아가씨는 다른 걸 내줄 거 아니겠냐?"

주인이 말했다.

"그런 식으로 생각하니까 백색군단은 제2차 선악대전쟁에서 검은별 무리한테 패배한 거예요."

"아니야. 제2차 선악대전쟁의 패인은 먼저 죽은 전우들에 대한 과도한 죄책감이었어."

주인이 또 흥분해서 뭐라고 떠들어댔다. 백색군단의 전투력을 반 이상 날려버렸다는 그 죄책감과는 아무 상관 없이 내 마음이 외로워졌다. 이따금 그런 식으로 예상치도 못한 순간에 걷잡을 수 없이 막대한 외로움이 밀려들곤 했다. 속수무책. 그건 청춘이 아직 끝나지 않았다는 뜻일지도 몰랐다. 나는 바비 빈튼의 노래를 흥얼거렸다.

"기분이 좋은 모양이네."

재현이 말했다.

"응, 돈이 많이 생겼거든. 오늘은 한번 마셔볼까?"

지갑을 꺼내놓으면서 내가 말했다.

"두 잔 이상?"

"열 잔 이상."

그날, 나는 공언한 대로 열 잔 이상의 술을 마셨다. 나는 가지고 싶은 것들과 가질 수 없는 것들, 멀리서 반짝이는 것들과 가까이 어두운 것들 사이에서 여전히 헤매고 있었다. 사랑과 증오는 동시에 깊어졌다.

"우리도 7번국도에 가면 외계인을 만날 수 있을까요?"

내가 카페 주인에게 물었다.

"네가 원하는 삶을 살 확률보다는 높아. 인간은 거의 대부분 자신이 원하는 삶을 살지 못하니까. 하지만 외계인은 종종 만날 수 있지."

카페 주인이 말했다.

"그렇다면 나도 이제부터 UFO를 연구하는 게 옳은 것일까?"

"물병자리 시대에는 꽤 유망한 직종이야."

나는 카페 주인의 얼굴을 쳐다봤다. 어디 하나 회의하는 구석

없이 순수한 진심의 몰골이었다.

"얘는 일찍이 위대한 사랑을 발견했어요. 그러니까 UFO를 안 만나도 될 것 같고. 문제는 나인데……"

재현을 가리키며 내가 말했다.

"검은색 옷만 안 입으면 돼. 그러면 볼 수 있어. 확실해."

카페 주인과 재현이 동시에 말했다.

"뭐라고?"

"나하고 같이 가자고. 안 그래도 나도 평해 보러 가야 했어."

"오호라, 이 녀석 완전 바람둥이구나."

내가 소리쳤다.

"그래, 평해라는 여자는 또 누구냐?"

7번국도로 여행을 떠나게 되기까지에 이어지는
이야기이자, 동시에 *재현이 내게 했던
세 가지 욕설 중 그 두번째에 대한 부기*附記

그다음부터는 기억이 희미했다. 나는 벽에 걸린 돛단배 사진을
보고 있었다. 선원이 되는 꿈을 꾼 적이 있다는 사실이 불현듯 떠
올랐다. 자란 곳이 산골이라 가까운 바다도 세 시간 거리에 떨어
져 있었고, 주위에 선원은 단 한 명도 없었는데 왜 그랬을까? 코
난 도일의 소설 때문이었으리라. 그가 쓴 소설 중에 범선을 타고
신대륙으로 떠나는 몰몬교도들이 나오는 이야기가 있었다. 그 소
설을 읽으며 신대륙이란 참 좋은 곳이구나, 생각했었다. 아메리
카여, 아메리카여. 중얼거리다보니 이번에는 사진 속의 돛단배가
두 개로 늘어나서는 빙글빙글 돌기 시작했다. 속을 좀 비워내야
한다는 신호였다. 나는 곧장 화장실로 가 변기를 붙들고 속엣것
을 토해냈다.

　자리로 돌아오니 돛단배는 하나로 돌아왔는데, 사람은 둘이었

다. 재현이 둘로 늘어난 게 아니라, 맞은편에 세희가 앉아 있었다. 처음 봤을 때부터 성덕대왕 신종 정도는 부술 수 있을 만큼 아름다웠던 여자. 적어도 내 눈에는. 그러나 그 눈으로 두 사람이 이미 사귀기 시작한 상태라는 것도 분명히 볼 수 있었다. 그 사실을 확인하니 내 마음이 무척 어정쩡해졌다. 그런 마음을 감추려고 나는 시시껄렁한 농담들을 지껄였다. 아무짝에도 소용없는, 그저 한번 웃고 지나갈 말들을 떠들어대노라면 우리가 살아가면서 겪는 대부분의 일들과 감정들이 뭐 대개 그런 식이라는 생각이 들면서 위로가 됐으니까.

그뒤로도 셋이 만날 기회가 종종 있었다. 셋이 만나면 나는 두 선수의 긴장을 풀어주는 심판 같은 느낌이었다. 나는 연신 두 사람의 눈치를 보며 농담을 던졌다. 그게 스스로 위로받을 속셈으로 내뱉는 우스개인 줄도 모르고 세희는 잘도 웃었다. 세희는 내가 참 좋다고 말했다. 그러고는 재미있는 사람이어서, 라고 덧붙였다. 그런데 그건 별로였다. 무슨 이유가 있어서 누군가를 좋아하는 일 말이다. 내가 웃으면서도 슬퍼했다면, 두 사람은 사랑하면서 서로 괴롭혔다고나 할까. 지금 생각하면 그게 사랑이었는지 상당히 의심스럽다. 하지만 젊었을 때는 다양한 종류의 사랑이 있었다. 처음 만났을 때부터 서로 헤어질 때까지 시종일관 싸웠다고 해도 두 사람이 자발적으로 인생의 한 시절을 같이 보냈다면 그것도 사랑이다. 그때 내가 내뱉은 수많은 헛소리 중에서 아직도 기억나는 건 이런 것이다.

"너희들, 이별이 뭔지 알기는 알아? 뭔지 아느냐고!"

그러곤 심각한 표정의 두 남녀에게 생각할 기회를 줬다. 마찬가지로 여러분들에게도 이별이 뭔지 생각할 기회를 주겠다.

재현은 세희가 문제라고 말했다. 그녀는 사랑의 숙맥이다. 재현의 말에 따르면.

"숙맥이라면, 좋은 거 아닌가?"

재현이 나를 쳐다봤다.

"이상한 생각하지 마. 내 말은, 그러니까, 소유욕이 너무 강하다는 뜻이야. 도대체 나더러 어떻게 하라는 건지 모르겠어. 좋아한 여자 있었느냐고 먼저 물어본 사람은 자기면서 그뒤로 사사건건 그 얘기 하는 건 뭐야?"

"정말 그게 뭔지 몰라서 묻는 건가?"

내가 말했다.

"질투할 거면 대범한 척 굴지 말아야지!"

"태어나서 나만 좋아한 거죠? 그렇게 묻는 거잖아, 그건. 숙맥은 세희가 아니라 너다."

"몰라. 골치 아파. 게다가 이건 절대 말하면 안 되는 비밀인데, 걔 아버지는 일본인이래. 그런데 얼굴도 본 적이 없다는 거야. 걔는 아버지 얼굴도 못 보고 남자부터 알게 된 거야."

　재현이 말했다. 나는 그 말이 좀 가혹하다고 생각했지만, 그걸 지적하지는 않았다. 대신에 나는 재현의 입에서 단편적으로 흘러나오는 세희에 대한 정보들에 귀를 기울였다. 아버지와 나이 차이가 많이 나는 어머니는 일찍 죽었다거나, 외할머니가 돌아가신 뒤에 자신을 키워준 외삼촌 내외를 떠나 혼자 살고 있다거나.

　그러던 어느 날, 오른손으로 탁자를 내리치면서 재현이 소리쳤다.

　"내가 네 아버지는 아니잖아. 내가 널 낳았니? 네 아버지와 나를 혼동하지 마. 나는 누구도 낳지 않을 거야. 절대로 아버지가 되는 일은 없을 거라구."

　그 말에 세희는 새파랗게 질려서 아무 말도 하지 못했다. 입술이 부들부들 떨리고 있었다. 그때까지도 외계인이 보내는 희망의 전언을 한 쪼가리도 구하지 못한 불우한 카페 주인이 왜 그러냐고 물었다. 그때 그에게 제일 필요한 사람은 관대하고 인간적인 사채업자였다.

　"재현이는 불임이래요."

　내가 재현의 말을 짧게 요약했다.

　"제기랄, 안 그래도 사람들이 여길 카페 7호실이라고 부른다더니."

　"마음의 불구들이 오는 곳이긴 하죠."

　그때 재현이 자리를 박차고 밖으로 나갔다.

"말하자면 고슴도치라고 생각하는 게 좋아. 가까이 가지 않으면 참 보기 좋은 녀석인데, 가시투성이여서 안으면 안은 사람만 다치는 거야. 제풀에 지칠 때까지 그냥 내버려 둬."

내가 세희에게 말했다.

"그런 거 아니에요. 서로 얘기를 들어준 것뿐이에요. 가시투성이인데 안고 그런 거 아니에요."

그러더니 세희도 밖으로 나갔다.

"왜들 싸우는 걸까? 왜들 싸워야만 하는 걸까? 그것도 남자와 여자가? 하아!"

주인이 고개를 절레절레 흔들었다.

"싸우는 게 좋으니까 싸우는 거죠."

"정말 그럴까?"

"사람은 자기 좋은 일만 하는 거니까요. 외계인들과는 달라요. 그래서 이 별에서는 죄책감 같은 건 전혀 찾아볼 수가 없어요."

혼자서 맥주를 마시면서 기다렸지만, 둘은 돌아오지 않았다. 나는 셈을 치르고 밖으로 나갔다. 차도를 따라 걷는데, 골목 안쪽에 재현이 서 있었다. 그 앞에 세희가 쪼그리고 앉아서 울고 있었다. 내가 다가가자, 재현은 내 어깨를 밀치며 골목을 빠져나갔다. 내가 뭐라고 말했지만, 대꾸가 없었다. 세희를 일으켜 골목을 빠져나오다가 그녀의 오른팔에서 피가 흐르는 걸 봤다.

"이거, 왜 이러니? 어떻게 된 거야? 저 녀석이 밀친 거야? 때린 거야?"

세희는 아니라고 말했다. 하지만 난 이미 그렇게 생각하고 있었다. 세희에게 잠깐 기다리라고 말한 뒤, 재현을 쫓아갔다. 이름을 부르는데도 아랑곳 않고 걸어가던 재현을 잡아세웠다.

"너, 쟤 어떻게 한 거야?"

재현이 무심한 표정으로 나를 바라봤다.

"밀었어? 넘어뜨렸어? 어떻게 하려고?"

"도대체 내 말을 안 들어."

"그럼 들을 때까지 말해야지. 네가 깡패야? 법보다 주먹이야? 어딜 여자를 때려? 그러고도 네가 남자야?"

그러자 재현은 고개를 돌리더니 침을 뱉은 뒤, *재현이 내게 했던 세 가지 욕설 중 그 두번째*를 빠른 속도로 지껄이고는 뛰어갔다. 나는 녀석을 뒤쫓았다. 정말이지, 그 자식을 죽이고 싶었다. 하지만 몇 블록 쫓아가다가 포기했다. 다시 돌아갔더니 세희도 보이지 않았다. 기분이 지랄 같았다. 언제까지 그렇게 살 건지 궁금했다. 이별. 그러니까 이 별, 이 지구에서 말이다.

7번국도의 유령들

　우리가 7번국도의 유령들을 만난 건 후정해수욕장에서 봉평해수욕장 사이의, 삼천이백 미터 길이의 비상활주로에서였다. 여기에 이르면 7번국도는 명태와 오징어잡이로 유명한 죽변항 쪽으로 우회한다. 죽변항에는 방송과 잡지에 자주 등장한 유명한 등대가 있었지만, 너무 늦은 시간이어서 우린 유사시에는 비행장으로 둔갑하는 그 비상활주로 쪽으로 방향을 잡았다. 고개의 윗부분을 평탄하게 만든 뒤, 비행기가 이착륙할 수 있게 아스팔트로 포장해놓은 곳이었다. 한가운데에만 2차선 도로로 표시해놓았을 뿐, 나머지는 그냥 비어 있었다. 비행장 주위에는 전쟁이 일어나면 나머지를 모두 만들 계획으로 뼈대만 세워놓은 격납고가 있었다. 공군 측에서는 출입하지 말라며 그 앞에 경고판을 세워놓았다. 우리가 그 비행장으로 올라간 건 달빛이 아스팔트에 되비치던 밤이었다.

　야간주행은 상당히 어려운 일이었다. 안장 밑에 자그만 반사판이 달려 있을 뿐, 후미등 같은 건 없으니 자칫하면 뒤에서 달려오는 자동차에 치일 수 있었다. 하지만 해가 저물도록 적당한 야영지를 찾지 못했기 때문에 계속 달리는 수밖에 없었다. 일단 비행장에 들어서자 아스팔트가 하도 넓어서 불안한 마음이 들지 않았다. 자동차들은 활주로 복판 선으로 그어놓은 2차선 도로만을 달렸기 때문에 부러 그쪽으로 다가가지 않는 한, 아무리 밤이라고 해도 교통사고를 당할 위험이 전혀 없었다. 그렇게 일 킬로미터 정도 달리다가 나는 그 유령들과 맞닥뜨렸다. 뭔가 이상한 게 보여서 속도를 줄였기에 망정이지, 하마터면 그 유령들을 자전거로 칠 뻔했다. 하긴 유령들도 자전거에 치일까는 의문이 들긴 하지만.

　유령들은 살아 있는 사람들과 다르지 않았다. 영화에서 보듯이 머리를 산발하거나 허공에 떠 있지 않았다는 뜻이다. 하지만 그 유령들을 보는 순간, 나는 그게 사람이 아니라 유령들이라는 걸 금방 알아챌 수 있었다. 왜냐하면 그 유령들은 유령 하나 하나가 모여 있는 게 아니라, 하나의 유령들이었으니까. 죽은 것들은 그렇게 항상 모여 있어 개별적인 존재로 분리되지 않는다. 나는 자전거를 세웠다. 뒤따라오던 재현도 덩달아 자전거를 세웠다. 유령들은 우리와 몇 발짝 떨어져 있지 않았다. 저녁바람이 유령들 뒤쪽의 낮은 풀들을 흔들었다. 우리는 그렇게 가만히 서 있었다. 유령들은 검지로 자기 가슴을 가리키며 이렇게 말했다.

나는 유령들이 아니야. 하지만 이미 죽어버렸지. 너희의 기억 속에서 말이지. 나는 여기 서서 오백사십여만 대의 자동차와 천오백만 명의 사람들이 지나가는 걸 지켜봤지. 하지만 여길 떠날 수는 없었어. 너희의 기억 속에 여전히 나는 여기 남아 있으니까. 너희가 이제 여길 지나간다고 해도 나는 여전히 유령들의 모습으로 이 비행장에 남게 되겠지. 수많은 사람들이 태어나고 또 수많은 사람들이 죽겠지만, 너희 기억 속의 나는 이 모습 그대로 여기에 남아 있겠지. 그러니 너희가 기억하기 전에 미리 죽었어야만 했던 거야. 그렇게 죽지 못했기 때문에 나는 7번국도의 유령들이 된 거지. 너희 삶의 배후를 서성이며 너희가 알지 못하는 일들을 하면서 말이야. 너희는 어디든 갈 수 있어. 하지만 나 7번국도의 유령들로부터 벗어날 수는 없어. 희망을 찾아 나섰다고 했나? 그래서 내게서 벗어날 수 있을 것 같은가? 오백사십여만 개의 자동차와 천오백만 명의 사람들이 여기를 지나갔지만, 누구도 희망을 발견하진 못했지. 왜냐하면 나를 벗어나 발견할 수 있는 희망이란 없기 때문이야. 내가 희망을 찾는 방법을 가르쳐줄까? 그건 바로 너희가 망각 속에 파묻어버린 기억들을 모두 되찾는 거야. 기억이 없는 곳에 희망은 없어.

유령들이 떠들어대는 동안에도 자동차들은 헤드라이트 불빛을 비추면서 광활한 비행장을 지나갔다. 헤드라이트 앞에는 어렴풋하게 안개가 깔려 있었다. 재현이 핸들을 잡고 서서 그 유령들을 바라보다가 말했다.

"줗까고 있네."

재현이 먼저 자전거를 타고 출발했고, 내가 뒤따랐다.

부구가 멀지 않았다.

평해에서 재현이 생각한 것

　스무 살 무렵의 기억은 웬일인지 너무나 희미하다. 스무 살이라는 나이가 내뿜는 광채가 너무 눈부시니까 그 빛에 가려져 그때 내가 어디에 있었고, 무슨 일을 했으며, 어떤 생각을 가졌는지 잘 떠오르지 않는 듯. 밴드를 만들고 싶었지만, 대신에 거리에서 경찰들을 향해서 돌을 던졌다. 그리고 또 무엇을 했을까? 서연을 사랑했다. 그리고 또? 돌아보자면 시간은 비선형적이다. 시간은 쭉 이어지지 않고 군데군데 끊어져 있다. 그 끊어진 시간들이 내 머릿속을 헤매고 다니기 때문에 나는 늘 두통을 느낀다. 뚝뚝, 방울져 피가 떨어지듯이 기억은 분절적으로, 사진을 찍은 것처럼 정지된 화면으로만 떠오른다. 영어와 불어를 동시에 쓰는 나라로 간 그애가 등장하는 내 기억 속의 사진은 다음과 같다.

　명륜동에서 혜화동으로 넘어가는 고갯길이다. 가끔씩 63-1번

버스가 지나가고 나면, 동네는 여느 때와 마찬가지로 조용해지고, 개들만 어슬렁대며 길 가운데로 걸어다닌다. 우리는 펠리니의 영화를 보기 위해 그 나지막한 고개를 넘고 있었다. 오랜 시간을 버티고 살아남은 한옥들, 그 한옥들 사이로 자연스럽게 형성된 골목길, 쌀가게 아저씨가 물을 뿌리며 집 앞을 청소하는 모습 등이 두서없이 내 시야에 들어왔다. 정오 무렵이었다. 우리는 전날 밤, 불꽃놀이를 보고 함께 내 방에서 잠을 잤다.

그 고개를 넘어 내리막길을 따라 조금 걸어가다가 나는 그 장면을 봤다. 거기는 실내를 훤히 들여다볼 수 있는 삼층짜리 건물의 일층 상가였다. 설계사무소나 인테리어사무소로 보였지만, 나무간판에는 포도원이라고 적혀 있었다. 전면 유리창에 선팅지를 발라놓아서 안이 잘 보이지 않았는데, 한 사내가 앉아 있는 한쪽 구석만은 또렷하게 보였다. 전등불을 밝혀놓았기 때문에 그는 환했다. 그 사내의 앞에는 책상이 있었고, 그 오른편에는 제도판이 비스듬히 세워져 있었다. 그는 책상에 붙은 전등 아래에서 손톱을 깎고 있었다. 전등 불빛 때문에 그의 주변이 둥글게 보였다. 그는 마치 둥글게 오려낸 사진 속의 인물 같았다.

그때 나는 미안하다고 말했던 것 같기도 하고, 나도 따라가겠다고 말했던 것 같기도 하다. 하지만 그 사내의 모습을 보고 내가 웃은 일은 분명하게 기억난다. 미안하다는 말, 혹은 나도 따라가겠다는 말과 그 사내를 보고 웃던 일 사이에 뭔가 하나 더 있는 게 분명한데, 그게 뭔지 정확하게 기억나지 않았다. 우리는 한참 웃다가 그 사내가 너무 진지해 보여 웃음을 그쳤다. 그는 태어나면서부터 그렇게 손톱을 깎아온 사람처럼 보였다. 우리는 그를 지나쳐 옆 건물 삼층으로 올라갔다. 서연은 문을 열고 들어가려다가 다시 문을 닫았다. 그러더니 고개를 갸우뚱거리고는 다시 문을 열고 안으로 들어갔다.

"여기가 씨앙씨에 아닌가요?"

서연이 물었다. 안에 있던 여직원이 대답했다.

"여기는 신씨네예요."

"어, 여기에 씨앙씨에 있지 않았나요? 혹시 어디로 이사갔는지 아세요?"

"전 모르겠는데요."

우리는 문을 닫고 나와서 회색 문 앞에 조그맣게 붙은 아크릴 간판을 바라봤다. 영어 철자로는 씨앙씨에와 비슷하게 보였지만, 어쨌든 분명히 신씨네의 간판이었다.

"이사간 모양이네."

서연이 말했다.

다시 모서리를 돌자 여전히 그 사내의 모습이 보였다. 이번에는 전등 불빛을 받으며 사발면을 먹고 있었다. 사발면에서 올라오는 김이 그의 현실을 비현실적으로 만들었다. 그는 조금 전까지 손톱을 깎은 일은 전혀 없었다는 듯이 오직 사발면을 먹는 일에만 집중하고 있었다. 혼자서 손톱을 깎고 사발면을 먹는 일 사이의 인과관계는 과연 어떤 것일까? 삶의 인과관계가 그런 식으로 이뤄진다면 우리가 떠나가고 난 뒤에는 손수건에 얼굴을 묻고 눈물을 흘렸을지도 모를 일이었다. 모를 일이라고 했지만, 실제로 그런 일은 일어난다.

그러다가 내가 문득 서연에게 물었다.

"이제 어디로 가지? 씨앙씨에가 어디로 이사갔는지는 몰라?"

서연이 대답했다.

"응, 몰라. 어디 멀리 갔으면 좋겠다. 아주 먼 곳으로, 평해 같은 곳으로."

평해에서 재현이 생각한 것을
포함하고 있는 이야기

평해는 영덕과 울진의 중간쯤에 있다. 바다가 가깝지만, 읍내에서는 바다가 보이지 않았다. 평해 읍내로 들어가려면 도시 바깥으로 우회하는 7번국도에서 벗어나 읍내로 들어가는 도로를 따라가야만 한다. 평해의 특산물에 대해 아는 바 없다. 평해의 명승지에 대해 아는 바 없다.

정오 무렵, 재현과 나는 평해에 도착했다. 시외버스터미널 앞 식당에서 우리는 밥을 먹었다. 육개장에는 기름이 많았고, 반찬들은 먹다 남은 걸 내놓은 것 같았다. 점심을 먹고 난 뒤, 나는 공중전화로 서울에 있는 세희에게 전화를 걸었고, 재현은 자전거 옆에 앉아 담배를 피우면서 *평해에서 재현이 생각한 것*을 생각했다. 한낮의 뜨거운 햇살이 머리 위로 바로 떨어졌다.

전화를 끊은 뒤, 나는 상점에서 동아일보와 게토레이를 샀다.

나는 재현과 게토레이를 나눠 마시며 동아일보를 훑어봤다. 세상
은 늘 그대로, 항상 무슨 일인가 일어나고 있었다. 그래도 갈증이
가시지 않아 다시 상점으로 가서 복숭아 네 개를 사서 두 개씩 나
눠 먹었다.

"여긴 꼭 오아시스 같네."

내가 말했다. 영덕을 지난 뒤, 처음으로 만난 읍내였다.

"이런 곳일 줄은 전혀 몰랐어. 서울에서 출발하면 어떤 교통수
단을 이용해서 어떤 경로를 거치더라도 여행하는 시간이 가장 오
래 걸리는 곳이래. 그래서 여기에 꼭 한 번 와보고 싶었어."

"누가 그래?"

"누가 그래."

재현은 주머니에서 포항 수화물 창구 직원에게서 산 7번국도의
*희생자들 ; 리스트(수집순)*를 꺼내더니 한참 바라봤다.

"그런데 오아시스라기보다는 신기루 같아."

재현이 복숭아 씨를 슬그머니 바닥에 내려놓으면서 말했다.

"멀리 있다고 느낄 때만 꼭 가고 싶다는 욕망을 불러일으키니
까. 막상 여기까지 와보면 정작 가려고 했던 곳은 또 멀찌감치 뒤
로 물러나 있다는 걸 알게 되겠지. 그 역무원이 수집했다는 이 이
름들도 마찬가지야. 이건 수집하는 순간, 수집하고 싶은 건 이게
아니었다는 걸 확인시켜주는 이름들일 뿐이지."

우리는 잠시 자전거 옆에 앉아서 울진을 거쳐 대구까지 가는

시외버스에 승차하는 정오의 시골 사람들을 지켜봤다. 햇살이 뜨거워 그들은 하나같이 눈살을 찌푸리고 있었다. 잠시 후, 재현은 신문과 복숭아 씨와 게토레이 병을 쓰레기통에 버렸다. 7번국도의 희생자들;리스트(수집순)와 함께.

오랜 시간이 흐르고 난 지금도 재현이 쓰레기와 함께 7번국도의 희생자들;리스트(수집순)를 버리던 그 광경이 잊히지 않는다.

7번국도의 희생자들 ; 리스트(수집순)에 대한 답례

우리에게 십삼 퍼센트가 할인된 *7번국도의 희생자들 ; 리스트(수집순)*를 제공해주신 데 대한 감사의 표시로 이 사진을 보내드립니다. 죽음을 초극하려는 당신의 노력에는 깊은 경의를 표합니다. 하지만 당신의 노력은 어느 시점부터인가 비뚤어지기 시작했다는 사실을 당신도 이미 알고 있으리라고 생각합니다. 누구도 죽음을 초극하지는 못합니다. 그전에 우리는 충분히 살아야만 할 것입니다. 아무리 충분히 살아도 우리는 부족할 것입니다! 고양이 킬러에 대처하는 고양이들의 지혜를 듣고 난 뒤에야 우리는 당신이 이미 오래전에 죽은 사람이라는 걸 알게 됐습니다. 삶이 앞모습이라면 죽음은 뒷모습이 될 것입니다. 당신의 얼굴은 반대로 붙어 있습니다. 죄송합니다만, 그래가지고서야 어디 구원이 쉽겠습니까? 부디 순서를 바꾸지 말기를 바랄 뿐입니다.

—7번국도의 생존자들

추신 : 물론, 죽은 사람이라고 해서 모두 살아 있었다는 뜻은
아닙니다. 존재하는 게 식은 죽 먹기이긴 하지만.

최동욱 저, 『한국의 비경 동해안권』,
134페이지에서 142페이지까지

소부칫재(구사리재)

구사리는 도계읍의 남단지역으로 태백시, 삼척시 가곡면과 접해 있다. 더욱이 백병산을 경계로 그 북쪽 계곡이 바로 오십천이 발원하는 곳이기도 하다. 아홉사리라고도 부르는데 본래 고개가 험해 아홉사리가 된다고 해서 붙인 지명이다. 이중에서도 소부칫재는 해발 팔백육 미터나 되는, 높고 굽이진 고개인데 더러 구사리재라고 부르기도 한다.

미인폭포 입구에서 일점 오 킬로미터 지점에 변전소가 있고, 고개의 정상까지는 사점 구 킬로미터가 된다. 고갯마루에 올라서면 신리 지역이 시원스레 내려다보이며 멋진 산악로를 즐길 수 있다.

한편, 미인폭포에서 소부칫재로 이어지는 416번 지방도로를 따라 조그마한 언덕을 넘어서면 중촌 마을이고, 백병산에서 흘러내리는 오십천의 물을 건너는 다리가 걸려 있다. 이 다리에서 북동쪽의 산기슭에 우뚝 솟은 바위 하나가 인상 깊게 보인다. 이 고장 사람들은 미륵디기라고 부르는데, 미륵바위란 뜻이다. 이 암석은 마치 아이를 업은 여인이 다소곳이 뒤돌아 보는 듯한 모습을 하고 있다.

황지

황지黃池는 태백시의 옛 이름이고 현재는 이 도시의 시청이 자리한 중심가다. 황지라는 지명은 이곳에 있는 큰 연못에서 유래했다. 황지에는 황지탄광이 또한 유명하다. 연간 약 오십만 톤을 생산하는데 총매장량은 약 팔백 톤으로 추정된다. 세 개의 갱도에서 지금도 산덩이만큼의 무연탄을 캐낸다. 황지는 해발 팔백 미터 지점에 둘레가 백 미터, 오십 미터, 삼십 미터가 되는 연못 세 개가 상중하로 연달아 있는데, 이들 연못은 낙동강의 원류 가운데 하나로 여겨진다.

이곳은 원래 황부자가 살던 곳이었는데 악한 심성 때문에 문전옥답이 연못으로 바뀌었다는 전설이 내려온다. 어느 날 태백산에서 내려온 스님이 황부자 집에 와서 시주를 청했는데 황부자는 시주 대신에 쇠똥을 스님 면전에 던졌다. 이 광경을 본 황부자 며느리가 시부모 몰래 쌀 한 되를 퍼다가 스님에게 시주하고는 그의 무례를 용서해달라고 말했다. 스님은 이 갸륵한 마음의 여인에게 이 집이 곧 화를 입게 되니 아무 말 말고 자신의 뒤를 따라오되 절대로 뒤를 돌아보면 안 된다고 일렀다.

스님을 따라나선 며느리가 구사리에 이르렀을 때, 갑자기 우렛소리가 나고 벼락이 쳤다. 그 소리에 *자신이 떠나온 곳에서 무슨 일이 일어났는지* 궁금해진 며느리가 스님의 당부를 깜빡 잊고 무의식중에 뒤를 돌아봤다. 그 순간 며느리는 선 채로 돌로 변해버렸다. 지금도 어린아이를 업고 뒤를 돌아보는 듯한, 그때 그 모습 그대로의 바위가 하나 우뚝 서 있는데 이 바위를 미륵바위라고 부른다.

통리

통리桶里는 38번 국도와 416번 지방도로가 분기하는 곳이다. 행정상으로는 태백시 연화동에 속하며 관내를 통동과 백산동으로 구분하기도 한다. 이곳은 본래 통골, 요물골이라 해서 삼척군의 상장면에서 장성읍으로, 다시 황지읍에 속했다가 1981년 7월에 생긴 태백시로 들어가게 됐다. 검문소가 있는 연화동 삼거리는 국도와 지방도가 나뉘는 분기점이기도 하지만 태백시와 삼척군의 경계선을 이루는 곳이기도 하다. 즉, 태백시 연화동 통리와 삼척군 도계읍 심포리가 접경을 이루는 곳이다.

통리는 흔히 하늘 아래 첫 동리 또는 하늘 아래 일번지라고 말한다. 앞창문으로 들어온 구름이 뒤창문으로 빠져나갈 만큼 높은 지대에 있기 때문이다. 하지만 통리 마을의 해발고도는 칠백 미터 정도다.

통리라는 이름은 통처럼 생긴 우물이 있고, 그 우물에서 용이 등천했다는 전설에서 유래한다. 그래서 통리를 용정곡이라고 부르기도 한다. 또 통리 혜성사 근처에는 미인폭포라는 이색적인 비경이 있다. 미인폭포는 오십천이 발원해 여러 골짜기에서 흘러 내린 곡류들과 합류해 내를 이루기 전, 그 청아한 물줄기가 채 오염될 틈도 없이 한바탕 선경을 빚어놓은 대자연의 소품이다. 백병산과 오봉산 사이의 협류에 V자형의 암석이 형성돼 있고, 그 위를 오십천의 물줄기가 모였다가 낙하하면서 장엄한 폭포를 연출한다.

미인폭포라는 이름에는 그럴듯한 전설이 전해온다. 이곳에 미모의 처녀가 살고 있었는데 콧대가 하도 높아 신랑감을 고르다가 과년하게 됐다. 그러던 중 한번은 마음에 드는 총각이 나타나 은근히 허혼할 생각을 품었다.

그 총각 (의아한 표정으로 그 처녀를 바라보며) 할머니, 지금 저하고 농담 따먹기 하시자는 거예요?

그 처녀 !!!!!!

그 말을 듣고 놀란 그 처녀는 미인폭포로 달려가 물에 비친 자신의 얼굴을 들여다봤다.

그 처녀 더이상 흐르지 않는 것은 아문 상처와 꿈속의 나날들뿐. 세상의 모든 것들은 흘러갈 뿐이다. 살아서 변하지 않기 위해 나는 셀 수 없이 수많은 날들을 동전을 모아두듯이 모아왔지만, 살아 있는 자에게 세월이란 눈송이처럼 움켜잡아도 잡히지 않는 법. 기다려도 결코 돌아오지 않는 새들, 불러도 더이상 대답 없는 이 폭포수. 살아서 나는 수백 번에 수백 번은 더 내가 아닌 다른 사람으로 변했으니 이제 죽어서 불변하리라. (풍덩!)

어느새 할머니로 늙어버린 자신의 얼굴을 본 그 처녀는 치마를 뒤집어쓴 채 이 폭포에 빠져 죽었다는 것이다. 그 일이 있은 지 얼마 후 변하지 않는 미美를 찾아 전국 방방곡곡을 헤매던 남자가 나타났으나, 이미 비극적으로 죽은 신붓감의 소식만 남아 있을 뿐. 백산에서 뒤늦게 찾아온 남자 역시 자신의 슬픈 운명을 원망하면서 신기면에 이르러 타고 온 백마와 함께 목숨을 끊었다는 슬픈 이야기. 미인폭포는 이런 슬픈 사연을 담고 오늘도 그 거친 포말을 나그네의 눈앞에 휘날리고 있다.

통리에는 영동선 통리역이 있고, 초등학교도 있어 산골답지 않게 교통의 요지로 발달하고 있다.

오십천

오십천五十川은 강원도 삼척시 도계읍에서 북쪽으로 흘러 노곡면과 신기면, 미로면을 거쳐 삼척시를 꿰뚫고 동해로 들어가는 큰 냇물이다.

오십천이라는 이름은 이 냇물이 오십 굽이를 감돌아 옛날에 이 냇물을 넘어가자면 오십 개의 다리를 건너야만 했던 지리적 특성에서 비롯했다. 우리나라의 하천이나 강의 이름들이 대부분 지명에서 비롯하니, 오십천이라는 이름은 관례에서 벗어난 독특한 하천명이 아닐 수 없다.

조선 성종 17년(1486)에 서른다섯 권으로 편찬된 조선 팔도지리지인 『동국여지승람』에는 삼척도호부에서 이 냇물의 발원지까지 가려면 마흔일곱 번 물을 건너야 했다는 기록이 나온다. 정확하게 몇번 냇물을 건너야만 하는지에 대한 의견은 분분하다. 삼척에서 발원지까지 가는 데 마흔아홉 번을 건너야 한다는 얘기도 있고, 그 이상이라는 얘기도 있다. 그 미묘한 차이는 무시하고 대개 부르기 쉽게 오십천이라고 작명했다는 게 정설이다. 한 전설에는 『택리지』 강원도 편에 실린 ‘西嶺太高 如異域 可一時遊賞 非久居處也(서쪽 고개는 높고도 높아 이역과 같으니 한때 유람하기에는 좋으나 오래 머물기에는 적당하지 않다)’라는 문장에 홀려 관동지방으로 유람을 온 한 선비가 나온다. 이 선비는 내를 건널 때마다 차안과 피안을 오갔으며, 결국 모두 마흔아홉 번 내를 건너 지금의 통리 부근에서 등선登仙했다고 한다. 그러므로 『택리지』를 쓴 이중환 자신도 같은 강원도 편에서 '或傳仙靈異蹟(가끔 선인의 이적도 전한다)'고 했으니, '오래 머물기에는 적당하지 않다'는 건 세속적인 관점에서나 그렇다는 뜻이다.

태백시에서 동쪽으로 진출해 통리를 지나 원덕으로 나가자면 정거리재라는 큰 고개를 넘게 되는데, 오십천은 이 부근 남쪽에 솟은 백병산에서 발원해 도계읍 구사리에서 흘러내려 심포리의 미인폭포를 빚어놓은 뒤 도계 읍내 한중간을 동서로 나누며 북쪽으로 흘러간다.

오십천의 길이는 공식적인 데이터가 나오지 않은 상태로 대충 오십이 킬로미터라고 하는데, 오십구점 오 킬로미터라고 주장하는 학자도 있다. 오십천을 따라 38번 국도가 개설돼 태백과 삼척을 잇고는 있었지만, 노폭이 좁은 신작로여서 다니기가 무척 나빴다. 그러다가 지난 1990년부터 이 국도에 대한 확장과 포장 공사가 이뤄지기 시작해 1991년 삼척에서 도계를 거쳐 통리까지 사십이 킬로미터 구간에 대한 포장공사가 완성됐다.

무릉계곡

7번국도를 따라가다가 동해시에서 정선 방향으로 놓인 42번 국도로 갈아타고 조금 더 올라가면 삼화동이 나온다. 거기서 다리를 건너 삼화동우체국 방향으로 쭉 들어가면 거기가 무릉계곡이다. 무릉계곡은 두타산과 청옥산 사이, 길이 십사 킬로미터에 달하는 아름다운 계곡이다. 무릉도원이라고도 부르는데, 일찍이 명승 제1호로 지정됐으며, 1977년에는 국민관광지 제1호로 지정될 정도로 빼어난 명소다.

이곳을 무릉도원 또는 무릉계곡이라 부르게 된 건 조선 중기의 문관이자 명필가였던 봉래蓬萊 양사언楊士彦이 바위에 새긴 '武陵仙源中臺泉石頭陀洞天 무릉선원중대천석두타동천'에서 비롯됐다는 설이 지배적이다. 양사언이 이런 글귀를 새기자, 별의별 인간들이 다 찾아와서 무릉반석에다 자신의 존재를 남겼다.

다들 알다시피 무릉도원이란 중국의 전설에 나오는, 속세와 떨어진 선경을 지칭한다. 도연명의 『도화원기』에 따르면, 진나라 때 무릉에 사는 한 어부가 난세를 피해 강을 거슬러올라가다가 복숭아꽃이 만발한 별천지를 발견하게 됐다고 한다.

어부 (화들짝 놀라며) 여기가 어디일까? 언젠가 내가 살았던 곳일까? 아니면 언젠가 내가 살아야 할 곳일까?

거기에서는 오래전 세상의 난리를 피해 모여든 사람들이 수천 년이 흘렀는데도 전혀 늙지 않은 채 태평세월을 보내고 있었다.

무릉도원의 부적응자 이봐, 나라면 지금 당장 뒤도 돌아보지 않고 여길 떠날 거야. 지금 잘 생각하라구. 여기엔 아무것도 없어. 우린 그저 모여 있을 뿐이야. 이런 걸 태평세월이라고 부르는 거야. 시간이 흘러가지 않으니 고요한 거지. 시간이 흘러가지 않으니 현재도 미래도 없고. 그러니 여기엔 희망도 절망도 없어. 인생의 블랙홀 같은 곳이야. 바깥의 사람들에게 우리는 과거 속에만 존재하는 사람들이지. 여기에 발을 들여놓으면 다시는 빠져나가지 못하게 되니까. 그것으로 끝이야. 그후에는 *7번국 도의 유령들*처럼 산 자들의 기억 속에 기생하며 그들을 저주하고 괴롭힐 뿐이야. 산 자들은 희망을 구하기 위해 우리를 찾는다지만, 우리에게는 희망이 없는 걸 어떡해? 물론 여기에 만족하며 살아가는 사람들도 있고, 당신도 그럴 수 있겠지. 하지만 그래봐야 자기 눈을 먼저 속여야만 한다는 사실에는 변함이 없어. 그러니까 좀더 생각해본 뒤에 나머지 발을 들여놓는 게 좋을 거야. (옆쪽에 서 있는 여자를 향해) 그렇지 않니, *1991년의 서연아?*

미인폭포의 할머니 (*1991년의 서연*이 말을 꺼내기도 전에) 투덜대긴. 여기가 어때서? 영원히 살 수 있는데. 다들 그게 희망이었잖아?

어부 (미인폭포의 할머니 말에 동의하며) 아침에 창문을 열고 폭설로 뒤덮인 1월의 대지를 바라볼 때처럼, 그 모든 일들이 내 눈앞에서 완전히 사라질 수 있다면, 망각될 수 있다면, 그리하여 내가 지금의 내가 아닌 다른 어떤 존재로 다시 살아갈 수 있다면…… 인간이 탄생하기도 전에 거기 시간은 이미 존재했고, 따라서 인간은 매순간 과거의 자신을 부정하고 배반해야만 살아남을 수 있는……

무릉도원의 부적응자 하지만 보라구. 자네가 보는, 시간이 정지된 그 하얀 세상이란 결국 방부된 세상일 뿐이야. 불멸이라는 것도 결국 썩지 않는다는 의미, 그 이상이 될 수는 없어. (*1991년의 서연*을 채근하며) 어서 말해봐, *1991년의 서연*아. 네가 말해봐.

1991년의 서연 한 사람의 의식 속에서 영원히 썩지도 않고, 죽지도 않을 수 있다면 나는 기꺼이 이 세계에 머물 거예요. 영원히 나를 기억하는 사람이 있다면 이까짓 불변하는 세계쯤이야. 받아들여야만 하는 운명쯤이야.

1919년만이 기억하는 사람 나를 기억하는 사람은 아무도 없지만, 나는 여기가 좋기만 한걸. 세상의 모든 낙원이란 어떤 곳이며, 거기에는 어떤 사람들이 사는 걸까? 거긴 아마도 누구에게도 기억되지 않는, 완전히 잊힌 존재들이 살아가는 망각의 땅이 아닐까? *1991년의 서연*이 너도 이제는 그 끈을 끊어야만 할 거야. 영원히 잊히기를 기도해야만 할 거야.

무릉도원의 부적응자 (멈칫거리는 어부를 향해) 그래, 저 사람 말이 맞아. 그 끈을 끊을 자신이 있으면 나머지 한 발을 마저 여기에 들여놓고, 그럴 자신이 없으면 지금이라도 발을 빼는 게 좋을 거야. 물고기를 잡으며 늙어가는 것도 즐거운 일일 테니까.

어부 ……

우리가 마지막으로 본 7번국도

속초 시내에서 우리는 여행을 계속할지, 아니면 거기서 다시 강릉으로 돌아가 자전거를 소화물로 부친 뒤 세희가 기다리는 서울로 돌아갈 것인지 결정하기로 했다. 속초에서 북쪽으로 더 올라가면 이제까지와는 전혀 다른 길이 나왔다. 그 길은 서로 참조하고 교차하지 않는 길, 즉 죽은 길이었다. 죽은 길 위에서 우리가 무엇을 발견할 수 있을까?

속초에 도착한 우리는 일단 가게를 찾아 게토레이를 사서 마셨다. 갈증이 좀 가시자, 나는 일산 집에 전화를 했다. 누구도 전화를 받지 않았다. 누구라고 해봐야 세희뿐이지만. 수화기를 내려놓고 돌아서서 열기로 뜨거운 거리를 바라보다가 다시 동전을 넣고 전화를 걸었다. 역시 신호음만 갈 뿐, 누구도 전화를 받지 않았다. 공중전화박스에서 나오자, 손으로 가슴께를 잡고 티셔츠를 펄럭이며 땀에 젖은 몸을 말리는 재현의 모습이 보였다.

"엄청나게 덥네."

"덥긴 한데, 컨디션은 최상이야. 이 정도라면 세상에서 제일 빠르게 기타 칠 수 있을 거야."

재현은 기타 지판을 누르듯이 왼손을 빠르게 움직이며 말했다. 여행이 계속될수록 재현은 점점 더 건강해지고 있었다. 한여름의 햇살을 받은 살갗은 보기 좋은 구릿빛으로 매끄럽게 그을렸고 눈에서는 광채가 났다. 순한 가축들이 한가로이 풀을 뜯는 언덕에서 한 달 정도 생활한 뒤, 이제 자신의 세계관은 완전히 바뀌었다며 매일 아침 일어나 달리기를 하는, 한때의 지하생활자 같은 모습이었다.

"어떻게 할까? 이제부터는 민간인보다 군인이 더 많이 사는 땅이 시작될 텐데."

"글쎄."

우리는 결정을 내리지 못했다.

"저 앞으로는 빌어먹을 마더퍼커들의 땅이지."

"빌어먹을 마더퍼커들? 그것도 은유야?"

재현이 내게 물었다.

"아니, 말뜻 그대로야. 부비트랩에다가 대전차 장애물, 잘못하다간 총알에 맞을 수도 있으니까."

"괜찮은 표현인걸. 나중에 내가 그 말 써도 돼?"

"그럼, 마음대로 써."

나중에 재현이 그 단어를 어떻게 사용했는지 확인하려면 이 책의 앞부분을 읽어보면 알 것이다. 적절하게 사용한 것인지, 그렇지 않은지는 나도 잘 모르겠다. 어쨌든 우리 앞으로 그 *빌어먹을 마더퍼커*들의 땅이 펼쳐졌다. 그때 우체부가 오토바이를 타고 와 가게 앞에서 멈추더니 우편물을 던졌다. 우체부의 머리는 서리가 내린 것처럼 새하얬다. 다시 오토바이를 타고 떠나려고 할 때, 재현이 그를 불렀다.

"이건 잘못 배달된 게 아닌가요?"

우체부가 재현을 돌아봤다.

"받는 사람 주소도, 보내는 사람 주소도 없잖아요."

재현이 우체부에게 내민 봉투를 보니, 과연 겉봉에는 아무것도 적혀 있지 않았다. 왼쪽 눈 위의 흉터가 인상적인 그 우체부는 시동을 켜둔 상태로 오토바이 위에 앉아 재현에게 말했다.

"제대로 배달된 것이오."

"아닌걸요. 진짜 우체부라면 이런 편지는 배달하지 않겠죠."

할아버지 우체부는 재현을 보며 웃었다. 평상시에는 잘 사용하지 않는 얼굴의 주름까지 동원한, 아주 표현력이 풍부한 웃음이었다.

"젊은이 말이 맞소. 나는 진짜 우체부가 아니라오."

그 말에 우리는 어리둥절해졌다. 할아버지 우체부라고는 하지만, 우체부 복장에 우체부 오토바이, 무엇 하나 가짜처럼 보이지는 않았으니까. 우리의 어리둥절을 이해한다는 듯이 그가 말했다.

"외지에서 온 청년들이라 나를 잘 모르는 모양이구만. 진짜 우체부들도 나 정도 나이가 되면 모두 은퇴한다네. 늙은이가 편지를 배달하다가는 여러모로 문제가 많이 생길 테니까. 배달하러 갔다가 쓰러져 죽기라도 하면 기쁨을 담은 편지가 아니라 우체부의 일생이 담긴 죽음이 배달될 수도 있으니까. 그게 아니더라도 어차피 일할 사람은 많으니까 이 사회가 굳이 늙은이들에게까지 일을 주지는 않지. 지금 이 시각에도 전혀 다른, 완전히 새로운, 현생 인류는 계속 태어나고 있으니까."

그가 두 팔을 흔들면서 소리쳤다.

"그럼, 은퇴한 우체부이신가보네요."

재현이 물었다.

"은퇴한 건 맞지만 전직이 우체부는 아니었소."

그는 모자를 벗어 이마에 흐르는 땀을 닦았다.

"그럼 이 편지는 어떻게 된 건가요? 그 가방 속의 다른 편지들은 또 뭐고요? 역시 주소가 적혀 있지 않나요?"

그는 빨간 가방에서 왼손 가득 우편물을 꺼내더니 그중 하나를 집어들었다.

"물론 이 편지들의 겉봉에도 주소는 없소이다. 내 소원이 뭐냐면 이런 편지들을 배달하다가 죽는 것이오."

"보내는 사람도, 받는 사람도 없는 편지를 배달한다니……", 재현이 말을 잠시 끊었다. "정말이지, 시간 낭비네요. 편지라는 게 지극히 사적인 내용을 담은 것인데, 무작위로 배달한다니 무의미한 일이에요."

그가 검지로 재현을 가리키며 말했다.

"딩동댕. 바로 그것이오. 아무 쓸모 없는 일이라는 데 의의가 있소. 그러니까 아무짝에도 소용없는 일을 하다가 죽고 싶은 게 내 소원이라는 말이오. 쓸모 있는 일이야, 많은 사람들이 하고 있지 않소? 이 세상 다른 모든 우체부들은 편지를 수취인에게 제대로 배달하고 있지. 그런 일은 내가 아니어도 할 사람들이 많지만, 이 일은 나만이 할 수 있는 일이오."

"할아버지만이 그런 일을 한다는 건 알겠는데, 그런데 왜 그런 일을 해야만 하는 거죠?"

재현이 물었다. 그는 여전히 오토바이 위에 앉은 채 재현을 바라봤다. 어디서부터 말하면 좋을지 궁리하는 듯한 표정이었다.

"사람이 늙으면 의욕과 열정은 사라지고 예감만 들어맞을 때가 많소. 그러다보면 세상 이치가 다 눈에 보이면서 과연 내가 살아온 인생이 옳았는가, 스스로 판단내릴 수 있게 된다오. 젊은이들은 아직 그런 것들에 대해서는 알지 못할 게고, 지금은 또 알 필요도 없겠지. 우리는 인생을 단 한 번 살아가니 원하는 삶을 살아가기 위해서는 자신을 믿어야만 하니까. 하지만 자신을 믿어 원하는 삶을 살았다고 해서 그게 옳은 인생이라는 뜻은 아니오. 그중에서 형편없이 잘못된 인생도 나오는데, 그게 바로 내 인생이었소. 평생 나는 의미 있는 삶을 추구하며 살았소. 나는 고립되는 한이 있어도 삶의 의미를 원했소. 친구도, 애인도 모두 사라지고, 살던 고향도 떠난 지 오래였지만, 그럼에도 나는 내가 옳은 삶을 살고 있다고 생각했소. 하지만 옳다고 해도 그건 결국 죽은 삶이라는 걸 나중에야 알게 됐지. 서로 연결되지 않는 길을 죽은 길이라고 말할 수 있듯이, 제아무리 숭고하다 한들 고립돼 있다면 그 인생은 실패한 인생이라오. 그 단순한 진리를 이렇게 나이가 들고서야 깨닫게 됐으니 창피해서 지금 죽는다고 해도 어디 하소연할 길이 없소. 내가 보내는 사람도 받는 사람도 없는 편지를 배달하는, 무용한 일을 자청하는 까닭이 거기에 있소. 쓸데없는 일을 하는 것만이 나를 위로하니까."

할아버지 우체부의 목소리가 잠겨들었으므로 우리는 어쩐지 숙연해졌다. 그는 침울한 기분을 전환하려는 듯, 목소리를 높였다.

"뒷주머니에 손수건을 넣고 다니듯, 늙은이들은 젊은이들에게 들려줄 이야기 하나 정도씩은 가슴속에 품고 다닌다오. 그 이야기를 들려주고 나는 이만 가봐야겠소이다. 하루 할당량이 있는 것도 아니고 누가 감시하는 것도 아니지만, 오늘 할 일은 오늘 마친다는 게 내 신조니까. 내일은 또 어떻게 될지 모르니까." 그러더니 그가 다시 표현이 상당히 풍부한 그 웃음을 되살리며 우리에게 말했다. "자, 젊은이들은 고양이 킬러에 대해 들어본 일이 있소이까?"

물론 우리는 고양이 킬러에 대해 들어본 적이 없었다.

그는 등 뒤에서 소형 트럭이 다가오는 정도의 음량으로 고양이 킬러와 살아남은 고양이들의 희망에 대한 이야기를 우리에게 들려줬다. 그리고 그는 북쪽으로 놓인 길을 따라 오토바이를 타고 떠났다. 그가 떠나는 길의 한쪽에는 '꿈과 희망이 넘치는 속초건설'이라는 글자들이 걸려 있는 아치형 탑이 있었다. 오토바이 뒤에 매달린 빨간 통이 멀리 사라질 때까지 우리는 그의 뒷모습을 지켜봤다. 우리는 그 할아버지 우체부를 *우리가 마지막으로 본 7번국도*라고 부르기로 했다.

다시 이 책의 처음으로 이어지는 이야기

대체적으로 청춘이 한가로웠던 것에 비하면, 그즈음 많은 변화가 내게 일어났다. 재현은 더이상 카페 7번국도에 나타나지 않았을뿐더러 내게 어떤 연락도 취하지 않았다. 그러던 어느 날, 길을 걸어가다가 뭔가가 이상해서 뒤를 돌아봤다. 나는 돌아서서 막 스쳐 지나간 여자에게 달려갔다. 세희였다. 세희는 몰라보게 달라져 있었다. 표정에서는 그 어떤 상처의 흔적도 찾아볼 수 없었다. 그 애는 5월의 나무처럼 눈부시게 예뻤다.

"자꾸 그런 말 하면 진짜로 믿어버려요."

"난 거짓말을 하면 입이 돌아……"

입술을 뒤튼 내 얼굴을 보고 세희가 웃음을 터뜨렸다. 어제까지도 그렇게 장난치다가 헤어진 사람들처럼 우리는 즐거웠다. 그렇지만 불안 같은 게 전혀 없지는 않았다.

"그런데 재현이 요새 연락이 안 되더라."

내가 떠봤다.

"나도 안 만난 지 꽤 지났어요. 한 번만 더 자길 찾아오면 죽여 버린다는데, 아직 삶에 미련이 많아서."

"항상 말만 요란할 뿐이지. 잘됐어. 그 녀석, 인간 이하니까."

"둘이 친하지 않나요? 유유상종이라는 말도 있잖아요."

"하도 자살한다고 뻥을 치기에 도와주려고 만났던 것뿐이야. 나랑은 종류가 달라. 나는 여자란 사랑해야만 하는 존재지, 여자를 때릴 수는 없다고 생각해."

"한 번도 여자를 때린 적이 없어요?"

"응."

"맞아본 적은?"

"없어."

"정열이 없는 사람이구나. 참 평화로운 연애만 했나봐요. 난 좀 치고받아야 느낌이 오는데."

세희의 말에 나는 어이가 없었다.

"폭력에 길들여지면 정상적인 판단을 못 하는 게 당연하겠지. 그러니까 제3세계 독재국가들이 망하지 않는 거라구. 아무튼 그때 비겁하게 너 때리는 거 보고, 만나면 가만두지 않으려고 했더니 이 녀석 코빼기도 안 보여."

"만나면 어떻게 하시려구요?"

"반쯤 죽여놓을 거야."

"얼씨구, 다들 큰일이네. 입만 열면 죽인다고들 하니, 참."

세희가 눈을 동그랗게 뜨면서 말했다.

"난 반만 죽일 거야. 하반신만."

"징그러운 소리."

세희가 내 어깨를 툭 쳤다. 그건 내 인생에서 가장 선명했던 '툭' 중 하나였다.

"나, 요즘 아르바이트를 해요. 편의점에서. 연남동 터널 들어가기 전에 있어요. 밤 열시부터 다음날 아침 여섯시까지. 지금 친구 집에 얹혀사는데, 방이 하도 좁아서 번갈아가며 방을 쓸 겸, 또 개한테 빌린 돈도 갚을 겸. 밤에 심심하면 놀러 와요. 나도 너무 외로우니까. 빚쟁이를 둔 몸이지만, 놀러 오면 맥주 한 캔 정도는 쏠 수 있어요."

"쏜다고? 어디로? 무엇을?"

아마도 하늘로. 매일매일 그날의 외로움과 슬픔을. 허공으로 공을 쏘아올리는 난장이처럼. 그 말들 속에 담긴 정확한 뜻을 알게 된 건 좀더 시간이 흐른 뒤의 일이었고, 그때는 왜 친구 집에 얹혀살아야만 하는지, 빚은 왜 지게 됐는지 알 수 없었다. 그 말들이 무슨 의미든 나는 그저 내게 좋은 쪽으로 해석했다.

그래서, 전혀 심심하지도 않은 새벽에 그 편의점에 찾아가곤 했다. 심지어는 거기 가려고 알람을 맞추고 일찍 잠자리에 들기까지 했다. 편의점까지 가서 유리창 밖에 서 있으면 심야방송을 들으며 도서대여점에서 빌린 일본 만화책을 열심히 읽는 세희의 모습이 보였다. 그렇게 유리창 안의 세희를 바라보면서 담배 한 대를 피우다가 그냥 돌아온 날도 있었다. 물론 문을 열고 가게 안으로 들어간 날이 더 많았다. 문을 열면 위쪽에서 차임벨 소리가 울렸다. 나는 파블로프의 개처럼 그 소리를 들으며 웃음을 지었다. 세희를 향해 손을 들어 인사한 뒤, 마치 고된 일을 했더니 맥주 생각이 간절해져 거기(그러니까 심야택시로 이십 분이나 가야만 하는 먼 곳)까지 찾아간 사람처럼 곧장 냉장고로 걸어가 캔맥주를 꺼냈다. 밖에 놓인 파라솔에 앉아서 캔맥주를 홀짝이고 있으면 얼마 뒤 세희가 맞은편에 앉았다.

새벽의 파라솔 아래에서 나는 많은 이야기를 떠들어댔다. 일본 애니메이션 같은 이야기에서 시작해서 나중에는 누구에게도 말하지 않은 가족사에 대해서까지 털어놓았다. 세희는 말이 많은 편이 아니었다. 그럼에도 자주 가다보니까 듣지 않으려고 해도 귀에 들어오는 이야기는 있었다. 자신은 아직 사랑이 뭔지 모른다는, 누구도 자신을 충분히 사랑한 적은 없었다는 이야기도 그중 하나였다. 새벽에도 뭔가를 사려고 편의점을 찾는 사람들은 적지 않았으므로 이야기는 더 깊이 들어가지 않고 그쯤에서 그쳤고, 나는 거기에 대해서 더 캐묻지 않았다. 대신에 세희의 그 말이 내 마음에 파문을 일으키는 건 그냥 내버려뒀다. 그 물결이 어떤 식으로 흘러가서 어떤 결과를 낳을지는 나도 알 수 없었다.

그리고 내게도 변화가 일어났다. 확신하는 마음 반, 절망스런 마음 반으로 쓴 시나리오가 공모에 뽑혔다는 연락이 온 것이었다. 그런 전화를 받는 걸 상상해보지 않은 건 아니었지만, 막상 겪고 보니 기쁘기보다는 당황스러웠다. 전화를 끊은 뒤, 나는 그 일이 내 인생을 몇퍼센트나 바꿀지 생각했다. 그때 생각으로는 한 삼십 퍼센트 정도? 지금 돌이켜보면 백 퍼센트였다. 그런 식으로 나는 내 인생에 대해 그릇된 예측을 많이 했다. 당선 소식을 들은 나는 은행 잔고를 확인한 뒤, 최소한의 생활비만 빼고 돈을 모두 인출 했다. 왠지 그래야만 할 것 같아서 재현에게 전화했지만, 통화는 되지 않았다. 나는 전화벨이 울리는 재현의 방을 상상했다. 그렇 다면 상식적으로 그 방에는 아무도 없어야만 할 텐데, 내 머릿속 으로는 누군가 전화도 받지 않고 앉아 있는 방 안이 그려졌다. 그 건 별로 기분 좋은 느낌이 아니었다. 저녁 일찍 나는 침대에 들어 가 잠들었다. 다시 눈을 뜨니 새벽 세시였다. 옷을 입으며 콜택시 를 불렀다. 곧장 세희가 일하는 편의점으로 갔다. 편의점 문을 열 자 차임벨 소리가 울렸고, 나는 웃으며 손을 들었고, 세희는 나를 쳐다봤다. 이번에는 냉장고에서 캔 여섯 개들이 버드와이저를 꺼 냈다. 그걸 계산대에 내려놓으니 세희가 물었다.

"오늘은 왜 여섯 개나?"

"하나로는 좀 부족한 날이어서."

"뭔가? 그날인가?"

"그날? 그날? 그래, 그날이야."

내가 웃음을 터뜨리면서 말했다.

"그러니까 무슨 날?"

세희가 눈을 반짝였다.

"네가 생각하는 그날."

"설마. 표정이 좋아 보이는걸."

"좋은, 그날이니까."

"무슨 좋은 일이, 하필이면 이 새벽부터 생긴 걸까?"

"잠이 덜 깬 돈이 우리 집 초인종을 잘못 눌렀거든. 내가 얼른 문을 열고 그 돈을 낚아챘어."

"눈먼 돈이 새벽부터 제 발로 집에 찾아왔다고? 복권이라도 당첨된 건가?"

"당첨은 아니고 당선이야. 시나리오 공모에 뽑혔거든. 상금은 무려 천만원."

"와!"

나는 동이 트고 사람들이 하나둘 거리에 나올 때까지 파라솔에 앉아서 맥주를 마셨다. 세희가 들락거리며 조금씩 거들어 이윽고 맥주가 더 필요해졌다. 나는 여섯 개를 더 가져왔다. 이로써 한 다스. 새 필기도구를 산 신학기의 초등학생처럼 마치 새로운 인생이 시작된 것 같았다. 완전히 새로운 인생. 거기 파라솔 아래에 앉아 나는 웃고 있었다. 지나가는 사람들에게 그 웃음의 의미를 설명하고 싶었다. 하지만 그럴 수는 없어서 편의점 앞 공중전화박스로 들어가 재현에게 전화했다. 하지만 여전히 재현은 전화를 받지 않았다. 나는 입이 근질거렸다.

여섯시가 되자, 일을 마친 세희가 내 옆에 와서 앉았다. 그녀는 눈물을 찔끔거릴 정도로 빨리 맥주 한 캔을 비우더니 숨을 길게 내쉬었다. 바다 깊은 곳까지 잠수했다가 다시 물 위로 나온 해녀처럼. 술에 취해 모든 게 내게서 한 걸음 뒤에 있는 듯한 느낌이었지만, 그 숨소리만은 귀를 가까이 대고 들은 듯 선명했다. 귀가 간지러워 나는 웃었다. 세희는 웃는 나를 물끄러미 쳐다봤다.

"그렇게 좋아?"

"그렇게 좋아."

"별일이네."

내가 팔을 뻗어 세희의 손을 잡았다.

"우리 재현이한테 가보자. 아마 형편없이 살고 있을 거야. 자랑 좀 하고 오게."

"좋아."

우리는 캔맥주 여섯 개와 마주앙 한 병을 사들고 재현의 집까지 걸어갔다.

재현은 집에 있는 게 분명했는데, 우리에게 문을 열어주지 않았다. 그 사실에 나는 약간 충격을 받았다. 술에 취해서인지 그래도 재현을 꼭 보고 가야겠다는 생각이 들었다. 한참 재현을 부르고, 문을 두드리다가, 둘이서 집 앞 계단참에 앉아서 맥주를 한 캔씩 마셨다. 아침부터 햇볕이 따갑다는 느낌이 들었다. 잠시 후 어디선가 러닝셔츠를 입은 중년 남자가 나타나더니 우리에게 당장 거기서 떠나지 않으면 경찰을 부르겠다고 위협했다. 친구를 기다리는 중이라고 말했지만 막무가내였다. "이 사람이 누군지 아세요?"라고 세희가 말했다. "유명한 작가예요." 그 남자는 내게 콩밥을 먹이겠다고 으르렁댔다. 그 남자에게 뭐라고 또 따지려는 세희의 팔을 내가 잡았다.

"그냥 우리 집으로 가자."

"재현 오빠는요?"

"우리와 만나기 싫은 모양이지. 언제나 제멋대로잖아. 그냥 우리 집으로 가자."

세희는 잠깐 멍한 표정으로 나를 바라보다가 대답했다.

"그래요."

우리가 골목을 빠져나갈 때까지 중년 남자는 길 한가운데 서서 우리를 지켜봤다.

결과적으로 고마운 사람이었다.

고독한 슬픔들이 제거된 창고형 할인매장에서

서울에서 버스를 타고 저무는 해를 따라 남서쪽으로 한 시간 정도, 시 경계선과 그린벨트와 비닐하우스 들을 지나면, 멀리 거대한 묘비들처럼 서쪽 바다를 향해 선 아파트들만의 신도시가 나왔다. *7번국도씨*는 그 신도시 창고형 할인매장의 명물이었다. 거기서 운반 아르바이트를 하면서 재현은 *7번국도씨*를 처음 만났다. 어느 날, 전동 카트에 맥주상자를 싣고 이동하는데 계산대 위에 젖병을 올리는 *7번국도씨*가 보였다. 말로만 듣던 유명인사를 만나는 기분이었다.

"우우, 빌어먹을. 완전히 미친 새끼네."

재현은 저도 모르게 중얼거렸다. 빙고! 그 말이 맞았다. *7번국도씨*는 완전히 미친 사람이었으니까.

계산대에는 쓸쓸함의 삼각관계가 형성됐다.

계산원과 젖병들과 *7번국도씨*와.

계산원은 뚱뚱한 여자였다. 팔짱을 끼고 *7번국도씨*가 하는 꼴을 바라보고 있었다. 그녀는 너무 뚱뚱해 두 팔을 서로 구겨넣었다고 말하는 게 옳을 것 같았다. 그건 거대한 하나의 살덩어리라고 불러도 좋았다. 세상 다른 모든 것과 분리된 살덩어리.

그만큼 고독한 사람이 *7번국도씨*였다. 바바리코트를 입고 있는데도 그는 왠지 초라하고 왜소해 보였다. 머리는 헝클어져 있었고, 몸에서는 독특한 악취가 났다. 그는 역사상 유래가 없는 고독한 구매를 즐기고 있었다. 의자왕이 삼천궁녀를 동시에 사랑해 한꺼번에 삼천 명의 아이를 낳았다면 가능한 구매랄까.

그 사이를 젖병들이 메웠다. 젖병들은 말없이 쌓여갔다. 젖병 위에 젖병이, 그 위에 또 젖병이. 12월 어느 눈 내리는 새벽 뜰 안의 풍경처럼. 고요하게, 또 묵묵하게.

*7번국도씨*가 젖병을 모두 올리자, 뚱보 계산원이 말했다.

"우린 손님한테는 안 파니까, 다른 데 가서 알아보세요."

"난 아직 만족하지 않았소. 고객이 만족할 때까지! 그건 당신들이 먼저 한 말이오."

*7번국도씨*가 말했다.

"여기서 삼십 분 정도 가면 다른 할인매장이 나와요. 친절한 걸로 따지자면 그 사람들도 만만치 않으니까, 거기로 가보세요."

"정확하게 말하시오. 그건 당신이 알 바가 아니오. 계산원은 계산을 하시오.”

하지만 뚱보 계산원은 *7번국도씨* 뒤에 선 사람들에게 양해를
구하더니 계산대가 닫혔음을 알리는 빨간 줄을 그들 앞에 걸고는
자리를 떠나버렸다. 에어컨이 가동됐지만 바바리코트 앞에서는
무기력했다. 그의 얼굴은 땀으로 번질거렸다. 사람들은 거기 계산
대 앞에 서 있는 *7번국도씨*가 보이지 않는다는 듯이 하나둘 흩어
지기 시작했다.

재현은 카트를 멈추고 *7번국도씨*를 바라봤다. 언젠가 재현은
창고 바깥에서 담배를 피우다가 임시직 남자들이 모여서 *7번국도
씨*에 대해서 얘기하는 걸 들은 적이 있었다. 그들은 “알고 보면
불쌍한 새끼”니 “인생 좆같다”니, 그런 말들을 서슴없이 내뱉었는
데, 그게 꼭 자기들 처지를 푸념하는 것 같아서 재현은 그 말들을
귓등으로 흘렸다. 그래서 자세한 이야기는 잘 못 들었지만, “복수
때문에” 혹은 “복수하느라” 같은 말들이 여러 번 귀에 들어왔다.
누군가 복수하느라 그 대신 그의 아들을 죽였다는 것이다. 그건
어쩐지 성경에 나오는 이야기처럼 들렸다. 어쨌든 그래서 *7번국
도씨*는 매일 할인매장에 찾아와 미친 듯이 돈을 쓴다고 했다.
‘과연 그렇다면……’이라고 생각하며 재현은 뚱보 계산원이 자
리를 비운 계산대로 들어갔다. 멀리서 자신을 노려보는 뚱보 계산
원의 시선이 느껴졌다.

“모두 몇개입니까?”

7번국도씨가 올려놓은 젖병들 중 하나를 집어 스캐너로 읽으면서 재현이 물었다.

"이거 전부."

"그러니까 몇개냐고요?"

"전부. 전부가 필요해."

도무지 말이 안 통해 재현은 젖병을 하나하나 헤아리기 시작했다. 스무 개쯤 세었을 때, 멀리서 뚱보 계산원과 매니저가 걸어오는 모습이 보였다. 재현은 밀려드는 제품을 감당하지 못해 당황하는 조립라인의 신입 노동자처럼 정신없이 젖병들을 왼쪽에서 오른쪽으로 옮겼다. 다양한 종류의 플라스틱 젖병이 모두 일흔두 개였다. 뚱보 계산원과 검은 양복의 매니저가 십여 미터 앞까지 걸어왔을 때, 재현은 7번국도씨의 신용카드를 받아 젖병 값을 계산했다. 그 모습을 본 매니저가 재현에게 말했다.

"지금 해서는 안 되는 일을 저질렀다는 건 알겠지?"

"해서는 안 되는 일이니까 나 같은 놈이 하는 거죠."

그렇게 말하고 재현은 계산대를 뛰어넘었다. 이로써 재현은 임시직 직원이 아니라 고객으로 변신했다. 재현에게도 반드시 만족해야만 할 권리가 생겼다. 적어도 그 할인매장 안에서는. 7번국도씨는 젖병을 다시 카트에 싣고 엘리베이터 쪽으로 걸어갔다. 그가 지나간 자리마다 고독한 슬픔들이 떨어졌다. 사람들은 그 슬픔을 밟을까봐 피해다녔다. 이윽고 청소부가 걸레를 가져와 7번국도씨가 흘린 고독한 슬픔들을 말끔하게 닦았다.

그날 저녁, 재현은 동네 술집을 전전하며 만나는 사람마다 붙잡고 그날 해고된 일을 구슬프게 얘기했고, 이야기를 들은 사람들은 누구나, 심지어는 처음 본 사람까지도 재현에게 술을 샀다. 다섯 군데를 돌자, 재현은 완전히 취해버렸다. 아침에 세희와 내가 집까지 찾아갔을 때, 재현은 술에 취해 곯아떨어져 전화를 받지도, 문을 두들기는 소리도 듣지 못했다.

그리고 7번국도가 죽다

거기는 집 잃은 개들이나 종종 잠자다가 가는 곳이었다. 가끔씩 모자를 눌러쓴 남자애들이 어슬렁거리며 지나가기도 했다. 잡초만 무성하게 돋아났을 뿐, 완전히 폐허였다. 공사가 중지된 최신식 테마빌딩! 계획에 따르면 지하 일층에는 최신 시설을 갖춘 화장장과 납골당이, 일층 로비에는 주마등처럼 RPM 130의 속도로 빠르게 회전하는 샹들리에가, 이층부터는 우리가 상상할 수 있는 가장 놀라운 술집에서 한술 더 뜬 기상천외한 술집들이 빼곡하게 들어차고(각 술집은 전통과는 무관한 양식으로 건설될 예정이었다) 꼭대기인 구층에는 교회가 입주하기로 돼 있었다. 말하자면 그 건물 안에서 모든 감정을 소비할 수 있도록.

첫번째 건축주는 한 지방신문사 기자와 인터뷰를 하면서 국졸인 학력을 고졸이라고 말한 게 나중에 드러나 선거법 위반으로 시의원직을 박탈당하는 수모에다가 선거운동 당시 남발한 어음이 연이어 되돌아오는 등 우환이 겹치자 건설을 중도 포기했다. 초과지출을 감수하며 오층까지 이 건물을 지었던 그는 그 신도시의 한 건축회사에 부지와 기타 권리를 헐값에 넘겼다. 그 건축회사는 오랫동안 빌딩 건축의 손익을 따졌다. 그동안 짓다 만 그 건물은 기본적인 인프라만 갖춰진 채 텅 비어 있던 상업용지에 뎅그러니 서 있었다. 신도시의 어디에서 봐도 그 흉측한 모습은 눈에 들어왔다.

삼 년이 지나서야 건축회사는 이 년 뒤 유동인구가 당시의 다섯 배를 넘어설 것이라는 잘못된 조사보고서를 근거로 다시 건물을 짓기 시작해, 애초의 설계도에 그려진 대로 구층 건물의 형태를 갖췄다. 하지만 어려운 자금사정과 잘못된 예측에 대한 후회를 견디지 못하고 건축회사는 채 완성하지 못한 그 건물과 부지를 다시 매물로 내놓았다. 세번째 건축주는 수도권 부동산 시장에서 이름을 떨치던 오십대 남자였다. 그는 설치작품을 감상하듯이 짓다 만 건물과 도시계획상 그 구역에 형성된 상업용지를 면밀히 살펴본 뒤, 미술품을 구매하는 것처럼 현재의 가치가 아니라 미래의 가치에 투자했다. 건축회사의 상무는 안도의 한숨과 함께 그 능구렁이가 어떻게 해서 그런 실책을 저지를 수 있었는가, 잠시 생각했다.

오십대 남자는 얼추 윤곽만 갖춘 그 건물의 건축이 거기서 모두 끝났다는 듯이 인부와 장비들을 철수시켰다. 시간이 지나면서 그 건물 주변은 서서히 우범지대로 변하기 시작했다. 신도시 사람들은 상업용지 위에 우뚝 솟은 그 건물을 묘비라고 불렀다. 끊임없이 밀려드는 전입자들 때문에 갑자기 늘어난 업무로 정신이 없었던 신도시 경찰서로는 건물 주위에서 벌어지는 다양한 범죄행위에 대한 신고가 잇달아 접수됐다. 그 건물에서 처녀가 강간을 당하고 목을 맸다는 소문도 들렸고, 한 아이가 건물 안쪽에 있는 관정에 빠져 죽었다는 얘기도 돌았지만, 경찰은 그게 다 소문에 불과하다고 말했다. 차츰 주민들은 물론 경찰마저도 그게 애당초 짓다가 만 건물이 아니라 신도시를 개발하기 이전부터 거기 있었던 묘비처럼 여기게 됐다. 그러자 그 건물에 대한 두려움은 신도시의 무의식으로 숨어들었다. 그리고 얼마간 시간이 흐르자, 사람들은 그 건물로 와서 몰래 쓰레기를 버리기 시작했다. 쓰레기는 쓰레기를 불렀다. 시간이 지날수록 더 많은 사람들이 그 건물에 쓰레기를 버렸다. 어찌나 많은 사람들이 몰려드는지 교통경찰이 쓰레기를 버리려는 사람들의 동선을 통제해야 할 판국이었다.

하지만 밤이 지나고 해가 뜨면 웅장하던 묘비는 왜소해졌다. 사람들은 거기 벌판에 건물 같은 건 없다는 듯이 미어터지는 버스를 타고 서울까지 출퇴근했다. 주말이면 창고형 할인매장에 가서 일주일 치 식료품을 사고, 가족들과 식당에 가 피자를 나눠먹거나 쇠고기를 구워 먹으면서 시내 한복판에다 쓰레기를 버리는 사람들을 욕했다. 하지만 그들이 먹다 남긴 음식쓰레기가 가는 곳 역시 그 묘비일지도 모를 일이었다. 식당에 앉은 가족들은 그런 사실까지 궁금해하진 않았다. 소문과 쓰레기가 가득한 곳이 거기서 멀지 않았지만, 20세기 후반의 시민들에게 그 공간은 무해했다.

그런데 그 묘비에서 한 사람이 목을 매달고 죽었다. 죽은 사람은 *7번국도씨*였다. *7번국도씨*의 옆에는 그때까지 사모았던 아기 용품이 작은 언덕처럼 쌓여 있었다. 그 물건들을 보다가 허공에 매달린 *7번국도씨*를 올려다보면, 그는 꼭 요람 위에 매달아놓은 피에로 인형 같았다. 소문에 둘러싸여 쓰레기만 무성하던 묘비가 진짜 묘비가 되자, 부동산업자였던 건축주는 땅값이 하락한 인근 부지까지 매입한 뒤 짓다 만 건물을 최신식 내파공법으로 무너뜨렸다. 그 무너진 터에다 그는 쇼핑몰과 놀이공원과 스포츠시설을 두루 갖춘, 이름하여 판타지랜드를 지었다. 주말이면 아이들의 손을 잡고 판타지랜드에서 차례를 기다리는 신도시의 주민들 중에서 바로 그 자리에서 목을 매달고 죽은 한 남자에 대해 생각하는 사람은 아무도 없었다. 거기, 판타지랜드에서 죽음은 영원히 유예된 것처럼 보였고, 거기 들어온 사람들은 다들 웃음을 터뜨렸다. 비눗방울처럼 웃음이 도처에서 터졌다.

*7번국도씨*의 죽음에 대한 뉴스로는 전국 모든 언론을 통틀어 다음과 같은 보도가 유일했다.

문학 속의 7번국도는 '삶의 지루함' 또는 '무의미'
동해안 따라 자전거 여행 이젠 추억 속으로 사라져

'7번 국도는 부산에서 시작해 포항을 거쳐 영덕·삼척·강릉·속초를 지나 우리가 아직 알지 못하는 미지의 미래 속으로 들어가는 도로다…… 그해 여름 우리는 대략 하루에 1,000cc씩 한 달 동안 모두 30,000cc의 생맥주와 수십 마리의 말린 바다생물을 씹어먹으며 7번국도를 자전거로 여행하려는 계획을 세웠다.'

국도 7호선은 1971년 도로법에 따라 부산-온성간 도로라는 뜻의 부온선을 고쳐 부르게 됐지만 우리 문학에서 7번국도에 관한 이야기는 작가 김연수의 『7번국도』뿐이다.

경북 김천 태생의 김연수는 1997년 그의 두번째 장편소설인 『7번국도』에서 자전거로 동해안을 따라 올라가며 느끼는 감상들을 여행기 형식으로 적었다.

김연수가 이 소설을 쓸 당시만 해도 7번국도는 포항-영덕 구간이 4차선 확장공사를 하고 있었을 뿐 동해안 전 노선이 왕복 2차선의 답답하기 그지없는 도로였다.

그러다보니 그의 소설에는 희망이라는 단어보다는 '삶의 지루함'과 '무의미'가 주를 이뤘고, 다만 여행에서 돌아온 뒤 살아가야 할 삶과 세상에 대해 적었다.

그마저도 '한때는 희망이 아니더라도 그 비슷한 뭔가가 있을 것이라고는 생각을 했던 적이 있었어. 하지만 그건 카페 7번국도의 주인이 하는 짓처럼 쓸데없는 짓이야' 라는 답답함으로 이어졌다.

김연수의 소설이 출간된 후 『7번국도』를 읽은 사람들 중 상당수가 김연수의 글을 읽고 따라 올라가며 여행의 의미를 되새겼다. 하지만 국도 7호선은 4차선 확장과 함께 자동차전용도로로 승격되면서 자전거를 타고 동해안을 여행하는 것은 추억 속으로 사라졌다.

재현이 내게 했던 세 가지 욕설 중 그 세번째에 대한 부기 附記

그리고 세희는 우리 집으로 들어왔다. 내가 밖에서 지하철을 기다리고, 사람들을 만나고, 내가 만든 이야기들을 들려주고, 하늘을 올려다보며 혼자서 길을 걷고, 또 빌딩 모퉁이를 돌다가 커다란 달을 발견하는 동안, 세희는 내 침대에 누워서 잠자고, 내 식탁에서 밥을 먹고, 내 책상에 앉아 뭔가를 그렸다. 그러다가 해가 저물고 나면 좌석버스를 타고 편의점으로 나가 밤새 아르바이트를 한 뒤, 내가 잠에서 깨어날 무렵에 다시 우리 집으로 돌아왔다. 우리는 주로 그 무렵에 사랑했다. 우리 사랑은 밀물이 썰물로 바뀌는 무렵의 사랑, 혹은 밤이 낮으로 이어지는 무렵의 사랑과 같았다. 우리는 국경선에 이르러 비로소 자신의 미래를 진지하게 생각하느라 주춤대는 밀입국자들처럼, 사랑하는 동안에도 서로에게 불안했고, 웃음 뒤에도 얼굴에는 비밀이 남았다.

며칠 뒤, 재현에게서 전화가 왔다. 목소리가 낯설었다.

"어떻게 지냈니?"

내가 물었다.

"엄청나게 빠른 속도로 돈을 벌었어. 거의 빛의 속도랄까."

"돈 버는 이야기는 항상 듣기 좋네. 빛의 속도로 돈 버는 사람과는 꼭 친구가 되고 싶었지."

재현이 피식거렸다.

"일한 지 일주일 만에 그만뒀으니까. 고작 일주일을 일했을 뿐인데, 그만두고 나니까 여름이 다 지나간 듯한 느낌이야. 빨리 가지 않으면 우린 못 갈 거야."

"어딜?"

"잊었어? 7번국도. 이번 여름에 가기로 했잖아."

"아하, 7번국도."

나는 가까스로 우리나라에 그런 번호가 붙은 길이 있다는 사실을 기억해냈다. 가장 동쪽의, 바다를 따라 가는 길.

"글쎄, 이번 여름에는 못 갈 것 같은데."

"어째서?"

"너한테는 말해도 잘 모르겠지만."

"그게 뭔데?"

"음…… 7번국도보다 소중한 것을 알게 됐거든."

"정말 난 모를 일이네. 계속 말해봐."

"모르면 됐어."

"안 됐어. 말해봐."

"사랑, 우정, 존경, 친애, 다정…… 뭐, 그런 감정들 말이야. 사람과 사람 사이에 마땅히 흘러야만 하는 따뜻함. 우린 그런 것들에 대해서 좀 무지해. 사치품이 아니라 필수품인데도 그런 것들을 보면 졸부들의 천박한 취향이라도 대한 것처럼 화들짝 놀라 비웃지. 그런 주제에 7번국도에 간들 무슨 소용일까? 한 십 년쯤 열심히 노력하고 살면 우리 같은 것들도 사람이 될지도 모르지. 하지만 지금은 아니야. 7번국도는 그때 가는 게 좋겠어."

"고작 그런 이야기? 가기 싫다고 짧게 말하면 그만일 것을, 그렇게 길게 둘러대는 꼴이라니."

역시, 재현이 비아냥거렸다.

"이걸 한 문장으로 줄이면, 너하고는 가기 싫다는 거야. 그나마 내가 인간적이라 좀 길게 설명해준 거지."

재현은 한참 말이 없었다. 그러다가 다시 입을 열었는데, 거기서부터 이야기가 좀 진부해졌다.

"세희는 거기 있지? 지금 있어?"

"지금은 없어."

"언제부터 거기 있었던 거야?"

"오늘 아침부터 있다가 지금은 나갔어."

다행히 재현은 더이상 묻지 않았다. 고요한 가운데, 나는 어두운 구멍을 생각했다. 재현의 목구멍 깊숙한 곳 그 안쪽의. 지금쯤 그 안에서는 여러 가지 말들이 소용돌이치고 있겠지. 하지만 충분히 시간을 줬지만, 재현은 욕설 같은 걸 내뱉진 않았다. 대신에 차분한 목소리로 이렇게 말했다.

"난 지쳤어. 날 경쟁자로 생각하느라 이렇게 날이 선 모양인데, 솔직하게 말해주지. 이번 여름이 끝나기도 전에 난 이미 십 년은 더 늙어버린 것 같아. 욕망의 불꽃 같은 건 다 꺼져버렸어. 완전히 항복이야. 난 졌어. 너에게도 지고, 여름에도 지고, 청춘에도 졌어. 그런데 이제 와서 내가 뭘 이해하지 못하겠어? 한 십 년쯤 지나면 우리가 7번국도에 갈 수 있을 것 같아? 아니. 그때도 넌 사랑, 우정, 존경, 친애, 다정, 그따위 것들에는 무지할 테니까. 나? 나는 달라. 십 년 뒤에도 나는 그대로일 거야. 지금 내가 십 년 뒤의 나니까. 마지막으로 물을게. 갈 거야?"

나는 대답하지 않았다. 여자와 헤어질 때 같았다. 사랑은 행동으로 시작해서 말로 끝난다. 지겨울 정도로 반복되는 말들. 듣기 싫으면서도 꾹 참고 그런 말들을 들을 때마다 나는 이렇게 또 좋았던 시절이 지나가는구나, 라고 생각했다.

"하늘 때문에 한번 더 기회를 준 것뿐이야. 심각하게 생각하지 마."

재현이 뜬금없이 말했다.

"뭐라고?"

"하늘, 지금 바깥의 하늘 때문에. 아직은 여름 하늘이어서. 하지만 이젠 끝이야."

그리고 재현은 전화를 끊었다. 나는 잠시 수화기를 들고 있었다. 뭔가 기분이 묘했다. 당한 듯한 느낌이랄까. 나는 수화기를 내려놓고 베란다로 가서 창문을 열었다. 거기에, 고개를 들면 언제나 보이는, 그런 전형적인 여름 하늘이 있었다. 입추 머지않은 무렵의, 조금은 건조하고 또 뜨거운 하늘. 여느 여름날의 하늘과 별반 다를 바 없는, 하지만 뭔가 맹렬하게 지나가고 있는 하늘. 지난 여름의 기억들이. 구름들, 바람들, 비들, 소리들, 그리고 세희와 내가 서로 사랑했던 여러 번의 아침들이. 베란다에 세워둔 자전거 안장을 만지면서, 나는 거기 프레임에 세희가 앉아 오빠 생각이 난다고 말하던 저녁을 떠올렸다. 나는 세희에게 그 오빠일 수 있을까? 우린 지금 서로에게 어떤 사람일까? 우리는 서로에게 어떤 사람이 될 수 있을까?

그렇게 한참 베란다에 서 있다가 나는 자전거를 들고 밖으로 나갔다. 재현의 집까지 타고 갈 작정이었다. 내가 가려는 길 위에는 시시각각 다채롭게 변하는 여름 하늘이 있었다. 지금까지 살아오면서 내가 본 모든 여름 하늘이 다 거기 모인 것 같았다. 나는 출발했다.

재현이 내게 했던 세 가지 욕설 중 그 세번째

재현이 내게 했던 세 가지 욕설 중 그 세번째

<청춘>, 3분 40초,
written by Jeong Sang Hoon ⓒ 2010 FUZZPOP

서연은 떠났고, 재현에게는 태평양 위 어딘가를 날아가는 비행기를 문득문득 상상하던 하루가 있었다. 그렇게 계절이 두 번 바뀌고 난 뒤, 캐나다에서는 더이상 편지가 오지 않았다. 우편항로에는 아무런 문제가 없었기 때문에, 그럼에도 재현은 몇 통의 편지를 더 보냈다. 나는 괜찮아. 궁금한 건 오직 너뿐이야. 서연이 깨어나는 시간은 재현이 잠드는 시간이었으므로 재현은 잠들지 않고 주머니 속에 동전을 절렁이며 어두운 밤거리를 걸어다녔다. 춥지도 덥지도 않은 밤이었다. 그날, 재현은 잠들지 않았고 서연은 깨어나지 않았다. 그날, 재현은 전화를 걸었고 서연은 전화를 받을 수 없었다. 그날, 재현은 서울 시내의, 수많은 공중전화박스 중 단 한 개의 전화박스만을 부숴버렸다. 고작 한 개만을. 유리 조각들이 재현의 조각들인 양 밤거리에 흩어졌다. 누군가 소리를 질렀다. 누군가 달려왔다. 누군가 재현을 잡았다. 누군가 웃었다. 하나는 너무했다. 적어도 두 개는 부숴야 했다. 공중전화박스에서 끌려나와 바닥에 내동댕이쳐지며 재현은 생각했다. 두 손은 피투성이였다. 한때는 조그만 상처라도 생길까봐 하얀 장갑을 끼고 다니던 손이었다. 그 두 손은 펼쳐졌다.

너와 함께 늙어갈 수 있다면……

"두 분은 서로 사랑하는 사람들 같아요." 나란히 걸어가는데 세희가 말했다. "어떨 때는 여자인 내가 샘이 날 때가 있다니까요."

햇살이 동쪽 하늘에서 번져나고 있었다. 파란 물감을 잔뜩 머금은 거대한 붓으로 단숨에 우리 머리 위 텅 빈 무無의 캔버스에 서쪽에서 동쪽으로 그은 것처럼 층층이 다른 농도의 파란 빛깔이 하늘에 남았다. 아직 어스름이 남은 서쪽 하늘로 가로수들의 무성한 잎들이 한가로이 하늘거렸다. 세희의 아르바이트가 끝나기를 기다리며 나는 스매싱 펌킨스의 앨범 '멜론 콜리와 끝없는 슬픔'을 들었다. 거기, 두번째 디스크의 열번째 노래인 〈우리는 밤에만 밖으로 나오지〉에서 마지막 노래인 〈안녕 그리고 잘 자〉까지는 이 세상에서 가장 아름다운 다섯 곡의 음악이었다.

이윽고 세희는 옷을 갈아입고 나왔다. 우리는 연남동에서 북쪽

방향으로 걸었다. 아침을 맞은 거리로 사람들이 나오기 시작했다. 아직 잠에서 덜 깨 부어오른 두 눈에, 목에는 비뚤비뚤 넥타이를 맨 직장인들이 출근을 위해 바삐 지나갔고 하얀색 교복에 통통한 종아릿살의 여고생들이 해맑은 얼굴로 다가오는 버스의 번호를 확인하며 정류장에 모여 있었다. 아침 공기는 아직 데워지기 전인데도 거리는 사람들로 북적댔다. 나는 버스를 기다리는 사람들 옆 가판대에서 신문 한 부를 샀다. 북한의 홍수 피해가 심각하다는 기사와 연변을 여행중이던 한 소설가가 실종됐다는 기사가 눈에 띄었다.

"교복 입어봤어요?"

세희가 물었다.

"아니, 내가 중학교 들어갈 때쯤 교복이 없어졌다가 고등학교를 졸업할 때쯤 다시 부활했으니까."

"난 고등학교 삼 년 내내 입었는데, 뭐랄까 교복을 입으면 꽤 편안해져요. 이유는 잘모르겠지만, 안정된다고나 할까. 교복을 입어보지 않았으니까 잘 모르겠구나."

"교복도 싫고, 군복도 싫고, 암튼 제복은 다 싫어했으니까. 전두환이 교복 자율화를 발표했을 땐 다른 아이들과 함께 만세를 외쳤지. 종업식을 하는 날처럼, 이렇게. 만세! 대한민국 만세! 대한 독립 만세!"

내가 두 손을 들고 만세를 외치자, 세희가 내 팔을 치면서 웃었다. 나는 세희를 사랑하고 있었다. 재현도 세희를 사랑하고 있었다. 하지만 세희는 우리 중 누구도 사랑하지 않았다. 우리는 끊임없이 세희에게 뭔가 주고 싶어했지만, 우리에게는 줄 게 아무것도 없었다. 그저 아무런 위로도 희망도 되지 않는, 다음과 같은 말들뿐.

"마우로 펠로시라는 가수 알아?"

세희는 고개를 저었다.

"그 사람, 이탈리아 칸타토레 가수인데 늘 절망적인 노래를 불러서 젊은이들에게 꽤나 환영을 받았나봐. 〈자살〉 같은 제목의 노래들 말이지. 그런데 이 사람이 어느 날 〈너와 함께 늙어갈 수 있다면〉이라는 노래를 발표한 거야. 왜 그랬는지 짐작이 가?"

세희는 고개를 흔들었다. 세희의 머리칼이 햇살을 받아 노르스름해졌다.

"사랑에 빠진 거야. 사랑에 빠진 것 하나로 모든 게 바뀐 거야. 〈죽음에 이르는 계절〉〈자살〉〈공포〉 같은 노래가 〈너와 함께 늙어갈 수 있다면〉으로 바뀐 거지."

세희는 푸, 웃음을 터뜨렸다.

"인생, 뭐 있겠어? 어쩌면 그건 되게 간단한 것일지도 몰라. 어려울 것도, 힘들 것도 없어. 우리가 만난 지 얼마 지나지 않았으니까 넌 내가 널 잘 모를 것이라고 생각하겠지만, 그런 만큼 아주 오래전부터 널 알고 지낸 듯한 느낌도 들어. 팬들의 기대를 무시하

178

고 예쁘게 변절한 펠로시가 노래한 것처럼 우리도 아주 오랫동안 함께 늙어갈 수 있을까? 세월이 흐르고 또 흘러, 새잎이 돋아나고 다시 낙엽이 지고…… 꽃이 피었다가 다시 떨어지고…… 그렇게 오랫동안 우리도 함께 늙어 그 노래가사처럼 양철지붕 위로 떨어지는 빗소리를 들을 수 있을까? 그러면 얼마나 좋을까!”

세희는 고개를 숙이고 회색빛 도로만 바라보며 걸었다. 오렌지빛 햇살이 비스듬히 세희의 얼굴을 비췄다.

“나는 잘 모르겠어요. 이런 말 하면 이상한 여자 취급할지도 모르겠지만, 난 오빠나 재현 오빠나 다 좋아요. 만나면 그냥 교복을 입은 것처럼 마음이 편해져요. 꼭 가족 같다고 말하면 웃기겠죠? 그렇지만 뭐 앞으로 어떻게 해야겠다라든가, 그런 생각은 하지 않아요. 내가 오빠들을 좋아한다면, 그건 그냥 지금 좋아한다는 말이니까. 옛날에는 사람을 만날 때마다 정말 잘 해줘야지, 그렇게 맹세할 때도 있었지만 이제는 그게 얼마나 부질없는 짓인지 알게 됐다고나 할까요.”

“옛날에는? 중학생 시절에?”

“암튼. 이만하면 다 컸는데, 뭘. 얼마 전에 외삼촌 집에 갔다가 아버지가 보낸 편지를 봤어요.”

세희가 말했다.

“일본에 오라고 적혀 있더군요. 우리 아버지, 일본 사람이거든요. 아버지란 사람은 오래전에 죽었다고만 생각했는데, 그때, 버

것이 일본에 살아 있다는 말을 들었을 때, 얼마나 당황스럽던지…… 아, 웃겼어. 그 말을 듣자마자 애틋한 마음이 생겨나는 거야. 그게 얼마나 낯설던지…… 그러다가 이런 생각도 들었어요. 내 동급생들에게는 이런 마음이 하나씩은 다 있었겠구나…… 나만 그게 없었구나…… 그런 주제에 잘도 교실에 앉아 있었군."

"그래서?"

회한에 잠긴 듯한 세희에게 내가 물었다.

"뭘요?"

"갈 거야?"

"역시 잘 모르겠습니다. 지금 나는 잘 살고 있으니 그냥 이대로 살고 싶기도 하고, 병상에 누워 죽어간다는 그 사람을 만나서 뭘 어쩌자는 것인지도 모르겠고."

"지금 너는 잘 살고 있다고?"

세희가 어깨를 으쓱했다.

"오빠도 있고, 재현 오빠도 있고, 일자리도 있으니까, 뭐 이 정도면."

우리는 어느덧 연희동을 지나 서대문구청 쪽으로 걸어가고 있었다.

"재현이하고 7번국도로 자전거 여행을 가기로 했어. 재현이 말했니?"

"아니요. 그렇게 둘이서만 가는 거야? 나만 빼놓고?"

"그 녀석을 개처럼 묶어놓고 내 자전거를 끌게 할 속셈이거든."

"싸우면 질 것 같던데, 되려 묶이지나 않을까 몰라. 조심해요. 난 안 갈 테니까."

"정말 안 갈 거지? 갔다 올 때까지 우리 집에 있어. 자, 이건 열쇠야."

나는 주머니에서 여분의 열쇠고리를 꺼냈다.

"이건, 일종의 프러포즈인가?"

"같이 잘 살자는 얘기지."

세희는 그 자리에 멈춰서 열쇠를 받았다. 세희와 나는 조금 더 걸어 홍제역에서 헤어졌다. 나는 전철역 안으로 세희가 들어갈 때까지 계단 위에 서서 그 뒷모습을 바라봤다. 세희의 단발머리는 작고 검은 점이 되어 사라졌다. 세희를 사랑하니? 머릿속에서 누군가가 물었다. 사랑해. 내가 대답했다. 그렇게 대답하자, 이제까지 내게 없었던 마음 하나가 생겨났다. 그제야 나 역시 그때까지 뭔가가 결여된 채로 살아왔다는 걸 알게 됐다.

금빛 눈동자는 모두 쇠하고
영영 잊히지 않을 것 같은 저녁이

나는 다시 한번 세희의 편지를 읽어본 뒤에 그 편지를 바지 뒷
주머니에 넣고 부엌으로 가 냉장고를 살펴봤다. 나는 흘러나오는
냉장고 불빛을 가만히 바라봤다. 모든 건 언제나 뒤늦게 알게 된
다. 여행에서 돌아온 나는 *뒈져버린 7번국도* 아래에 놓인 세희의
편지를 발견했다. 재현을 불러서 그 편지를 같이 읽었다. 바람이
많이 불던 가을밤이었고, 우리는 음악을 들으며 술을 마셨다. 술
을 마시며 우리는 이미 오래전에 죽은 사람들이 쓴 소설에 대해
서, 혹은 이십대라서 만들 수 있었던 놀라운 음악들에 대해서 애
기했다. 그리고 가끔 *카페 7번국도*에 보관한 비틀스의 음반에 대
해서. 하지만 편지에 대해서는 애기하지 않았다. 세희에 대해서도
애기하지 않았다. 서연에 대해서도 애기하지 않았다. 애기하지 않
은 것들이 많은 밤이 그렇게 지나갔다. 새벽에 목이 말라 잠에서

깨어 어렴풋한 빛 속에서 더듬더듬 냉장고의 문을 여니 거기서 오렌지색 불빛이 흘러나왔다. 냉장실에서 쏟아지는 불빛이라면 분명 차가워야 할 텐데, 그 빛은 따뜻했다. 어둠 속에서 냉장고 문을 열고 서 있으니 그 미약한 빛이 퍼지고 번져 멀리 거실 한쪽에서 잠든 재현에게까지 이르렀다. 재현의 잠든 모습은 하늘에 붙박인 별자리처럼 보였다. 별들은 어떤 힘으로 거기 하늘에 매달려 있는 것일까? 우리에게는 어떤 힘이 있기에 아직도 청춘일까?

나는 냉장고 문을 닫고 식료품을 사기 위해 외출복으로 갈아입고 낑낑대며 자전거를 문밖으로 끌어냈다. 날씨가 제법 쌀쌀해지고 있었지만, 아직 겨울까지는 시간이 많이 남아 있었다. 하지만 우리가 서로 알고 지내던 시절이 그처럼 빨리 지나갔으니, 우리가 서로 소식을 모르고 지낼 겨울도 금방 다가올 것이라는 생각이 들었다. 그렇게 또 한번의 겨울이 지나고 나면 우리는 어디에서 무엇을 하며 지낼까? 무슨 노래를 들을 것이며 무슨 꿈을 꿀 것인가? 뉘엿뉘엿 해가 서편으로 저물고 있었다. 나는 웨더 리포트의 테이프를 워크맨에 넣고 이어폰을 귀에 꽂았다. 1977년에 출시된 '악천후'로, 첫 곡 〈버드랜드〉에서 베이스 기타를 연주한 사람은 자코 파스토리우스다. 그가 클럽에서 연주하다가 취객의 칼에 찔려서 죽었다는 소식을 들은 건 고등학교 때였다. 노태우 민정당 대표가 6·29 선언을 발표하던 무렵. 그즈음, 오지 오스본의 품에 안겨 기타를 치던 랜디 로즈의 추모음반도 나왔다. 랜디 로즈가

탄 세스나 기機는 1982년 3월 19일, 오지가 보는 앞에서 추락했다. 겨우 스물여섯 살. 스물여섯 살이란 살기에도 그렇지만, 죽기에도 이른 나이임에 분명했다.

서쪽의 푸른빛은 거무스레해졌다. 우리가 죽음을 피할 수 없다면, 삶 역시 피할 수 없다는 생각이 들었다. 나는 한때 유원지의 술집과 가게 들이 쭉 늘어서 있었던, 하지만 지금은 자전거용 붉은색 포장도로만이 유적처럼 남은 길을 따라 백마역까지 갔다. 스무 살 무렵, 신촌역에서 완행열차를 타고 와 그 역에서 내렸을 때, 거기에는 언덕과 주점과 여관이 있었다. 이제는 아파트만 보일 뿐, 그 모든 게 한낮의 꿈처럼 사라졌다. 마치 나의 스무 살 시절처럼. 백마역 앞길에서 나는 담배를 피우며 해가 저무는 서쪽 하늘을 오랫동안 바라봤다. 하늘의 빛은 시시각각으로 변했다. 한없이 맑고 투명한 몸에서 붉은 물결 위로 출렁이는 거대한 금빛 눈동자에 이를 때까지. 나는 서쪽 하늘을 떠가는 금빛 눈동자를 한참이나 바라봤다. 그 눈동자는 폭설처럼 서쪽 거리와 들판과 강과, 그 강 너머의 또다른 들판을 모두 따뜻한 오렌지빛으로 물들이고 있었다. 나는 백마역 구내매점에서, 예전에 그랬듯이 '자유시간'이라는 초콜릿바를 두 개 샀다. 자유시간은 달콤했다.

나는 초콜릿바를 입에 물고 다시 온 길을 되짚어 페달을 굴렸다. 정발산 옆의 단독주택촌을 지나 정발산역까지 가는 동안, 서쪽 하늘로는 금빛 눈동자의 잔영이 아련하게 번지고 있었다. 거기

불이 들어온 가로등 아래에서 나는 세희가 남긴 편지를 마지막으로 읽었다. 세희의 편지를 읽는 동안, 금빛 눈동자는 모두 쇠하고 영영 잊히지 않을 것만 같은 저녁이 찾아왔다.

세희가 7번국도의 우리에게 보낸 편지

여기 남아서, 가끔씩 혼자 7번국도를 상상했어요. 한 번도 가본 적이 없는 길. 지금까지 내가 본 길들만 생각났지만, 어떤 날에는 불현듯 뭔가가 또렷하게 보일 때도 있었어요. 돌멩이를 쥔 주먹 같은 것, 혹은 바람에 긁힌 두 뺨의 얼굴. 그리고 바다, 바다, 바다…… 바다를 생각할 때면 늘 영원이라는 단어가 떠올라요. 지금까지 그랬던 것처럼 앞으로도 변함 없이 그대로인 세계. 물질들은 생겨났다가 또 사라지지만, 그 시간과 공간만은 바뀌지 않는 세계. 그런 세계 속에서 내가 태어나 자랐어요. 나는 이 변하지 않는 세계의 아이예요. 나는 계속 움직여요. 이쪽에서 저쪽으로, 쉬지 않고. 나는 무엇에도 고정되지 않아요. 그저 경험할 뿐. 왜냐하면 나는 영원하지 않으니까. 그걸 생각하면 두려울 건 하나도 없어요. 계속 움직일 뿐, 두려움은 여기 없어요.

전 엄마도 상상해야만 하는 사람이잖아요. 7번국도를 상상하듯이. 역시 이따금 뭔가 또렷하게 보일 때가 있는데, 그건 웃는다는 것이에요. 단순히 얼굴의 근육을 움직였을 뿐인데, 엄마의 표정은 자신을 둘러싼 모든 운명과 맞서는 거죠. 단순히 웃음이 아니라, 엄마의 그 웃는다는 것을 통해 나는 이 세계와 나를 온전하게 연결하는 방법을 배웠어요. 하찮은 것이라도 뭔가를 배울 때, 나는 완전해져요. 결핍이 없어요. 나의 과거와 현재와 미래가 모두 온전하게 내 안으로 들어와요. 그리고 거기서 어떤 빛을 보죠. 이 우주 전체의 공간과 모든 시간을 긍정하는 빛이에요. 결국 나는 태어나서 살다가 죽는 동안 경험하는 시간뿐만 아니라, 내 발밑으로 흐르는 검은 강물처럼 영원의 시간까지도 살 수 있게 되죠.

사랑에 대해서 말하려고 이렇게 에둘러 왔네요. 이제는 죽고 없는 누군가를 사랑하는 일, 나 자신을 사랑하는 일, 동시에 두 남자를 사랑하는 일, 한 번도 만난 적이 없는 사람을 사랑하는 일, 그리고 아직 태어나지 않은 미래의 인간을 사랑하는 일. 그 모든 사랑이 내게는 공평하고 소중하다는 걸 말하기 위해서. 그러므로 내가 할 일은 기억하는 것. 잊지 않는 것. 끝까지 남아 그 사랑들에 대해서 말하는 증인이 되는 것. 기억의 달인이 되어, 사소한 것들도 빼놓지 않고, 어제의 일인 것처럼 늘 신선하게, 거기서 더 나아가 내가 죽은 뒤에도 그 기억들이 남을 수 있도록, 이 세계 곳곳에 그 기억들을 숨겨두는 일.

내일이면 이제 전 떠나요. 당신들이 7번국도에서 돌아와 이 편지를 발견할 때쯤이면 나는 일본에 있겠네요. 거기서 나는 나를 닮은 어떤 늙은 남자를 만나겠네요. 그는 머리가 희끗하고 양복의 소매는 조금 닳았으며 옛일을 말할 때면 눈살을 약간 찌푸리는, 그런 사람이었으면 좋겠어요. 무엇보다도 체취가 좋기를. 그를 만나면 두말하지 않고 와락 껴안을 작정이니까요. 신의 나무를 발견한 식물학자처럼 오랫동안 그 늙은 남자를 안고 서 있을 계획이니까. 한 번도 그러리라고 생각한 일은 없었는데, 이제 만날 시간이 가까워지니까 그게 내가 일본에 가는 유일한 목적인 것처럼 느껴져요.

어쩌면 나는 아주 오래전부터 그 순간만을 기다려온 것인지도 몰라요. 이제는 늙어버린 한 남자를 어떤 두려움 없이 안을 수 있는 그 순간만을. 안고 있는 동안, 그와 그의 삶에 대해서 생각하겠어요. 그때에도 내 가슴은 뛰겠죠. 하지만 그다음부터는 오직 내 삶에 대해서만 생각하겠어요. 나의 삶, 순전히 나만의 것. 그때에도 햇살은 따뜻하겠죠. 내 머리는 바람에 흩날리겠죠. 그때에도 나는 계속 움직여야지. 멈추지 말아야지. 지치지도 말아야지. 계속 계속 나아가야지. 집으로 돌아가는 탈영병처럼.

이젠 안녕. 당신들 모두. 다시 만날 때까지.

다시 가본 7번국도

작가님, 안녕하세요?

짧은 연휴였지만 추석은 잘 지내셨는지요? 다름이 아니라 금번 문학기행의 일정 때문인데요, 전에 전화로 말씀드렸던 것처럼 대략적인 7번국도 문학기행의 일정을 잡아봤습니다.

우선, 문학기행의 목적에 따라서,

1. 초청 작가와 작품, 학생, 기행지 모두가 어우러져 한국문학을 접하는 일정

2. 외국 학생들에게 한국의 문화를 체험하는 기회를 제공하는 일정을 중심으로 짜봤습니다. 관련 세부 내용은 파일로 첨부했는데요, 열어보시면,

1. 11월 13일(금) 아침에 서울을 출발해 강릉에 도착

　2. 강릉에서 허균·허난설헌 생가 및 기념관 답사와 중식

　3. 이후 7번국도를 따라 죽변항까지 이동(새천년 해안도로, 삼척항, 죽서루, 황영조 마을, 죽변면 비상활주로 답사)

　4. 죽변항 일대에서 석식 후 숙소로 이동

　5. 숙소에서 두 시간가량 작가와의 만남 행사 진행

　6. 14일(토) 기상 후 36번 도로로 이동, 영주에서 중식 후 부석사 답사

　7. 서울 복귀

의 순서로 진행된다는 걸 알 수 있을 겁니다. 가장 중요한 것은……

　2009년 11월 13일, 한국문학을 공부하는 외국 학생들과 전세버스를 타고 대관령을 넘어가는데, 차창으로는 김이 서리고 밖에는 안개가 자욱해서 풍경은 뿌옇고 흐릿하기만 했다. 몇 번 손으로 창에 서린 김을 닦아내다가 나는 포기하고 그냥 눈을 감고 앉아 있었다. 그때 나는 매화2리를 생각하고 있었다. 그 직전에 문학기행의 담당자와 매화2리에 가는 문제로 서로 얘기했기 때문이었다. 이번 문학기행은 강원도만 둘러보는 것이라 삼척보다 남쪽에 있는 매화2리는 사정상 들를 수 없었다. 나는 매화2리가 그리웠다. 이렇게 얘기해도 되는 것인지 모르겠지만, 거기서 나는 청춘의 가장 높은 봉우리를 넘었으니까. 그날, 거기 학교 운동장에

서 자고 난 뒤 내 얼굴에는 미세한 주름들이 그어지기 시작했다.

차 안에는 프랑스, 러시아, 미국, 영국, 독일, 일본 등지에서 유학온 이십대 학생들이 어색한 침묵 속에 앉아 있었다. 7번국도를 자전거로 여행하던 무렵의 내 나이들이었다. 그때만 해도 나는 7번국도를 여행한 일로 소설을 쓸 것이며, 그 소설이 상업적으로 출판될 것이며, 그로부터 다시 십여 년이 지난 뒤에 전 세계에서 온 학생들과 함께 7번국도 문학기행을 떠나게 되리라는 사실을 짐작조차 할 수 없었다. 살아간다는 건 때로 새로운 규모의 입자가속기를 마주한 물리학자의 심정을 이해하는 일과 비슷했다. 그는 입자가속기 안에서 일어날 일들을 어느 정도 짐작할 수 있을 것이다. 하지만 실제로 그 일을 관찰하는 순간, 자신의 짐작이 옳았든 옳지 않았든 무조건 그는 놀랄 것이다. 짐작하는 것과 실제로 지켜보게 되는 건 전혀 다른 일이니까. 그러니 살아가면서 나는 수없이 많은 시간을 놀라면서 보낼 수밖에 없었다.

버스가 고개의 절정을 넘어갈 무렵, 담당자가 버스의 마이크를 켜더니 침을 한 번 삼키고는 "지금 보시면 창밖으로 눈이 내리고 있습니다"라고 말했다. 그 말에 나는 눈을 떴고, 손바닥으로 창에 서린 김을 닦았다. 내가 안개라고 믿었던 건 전날 내린 눈이었다. 그 위로 하얀 부스러기 같은 것들이, 빵가루라거나 탈지면 같은 것들이 떨어지고 있었다. 아니, 떨어진다기보다는 거의 흩날리고 있었다. 그해, 내가 처음 보게 된 눈이라고 하기에는 좀 실망스러운 흩날림이었다. 그럼에도 나는 그 부스러기 같은 것들이 날리는 창밖의 풍경에서 눈을 뗄 수 없었다. 눈이 내리는 대관령의 풍경은, 아마도 그게 내게는 첫눈이기 때문이었겠지만, 너무나 비현실적이었다.

세희에게 마지막으로 전화가 걸려온 건 벌써 팔 년 전의 일이었다. 마지막 전화에서 세희는 호흡법에 대해서 설명했다. 마음을 모으는 호흡법이라고 했다. 자신이 숨을 쉰다는 사실에만 집중한다. 이런저런 생각들은 그저 흘러가게 내버려둔다. 들숨에 집중해서 숨을 들이마시고, 날숨에 집중해서 숨을 내쉰다. 천천히. 다시 들숨에 집중하고…… 날숨에 집중한다…… 그걸 계속 반복한다. 생각들은 떠오르는 대로 내버려두면 된다. 어떤 생각들은 오랫동안 떠올라 마음을 흔들어놓을 것이다. 그럴 때면 격랑이 몰아치는 강가에 앉아서 강물을 바라보듯이 그 생각들을 바라본다. 중요한 건 생각과 자신 사이에 거리를 두는 일이다. 세희는 그렇게 숨쉬는 법을 어떤 남자에게서 배웠다. 그녀는 그 남자를 굳이 '도반'이라고 불렀다. 그다음에는 서로 어떻게 지냈는지 얘기하다가 서울에서 한번 만나자는 말과 함께 전화를 끊었다. 마치 전날에도 전화했던 사이처럼. 그 전화통화가 있고 일 년쯤 지난 뒤, 홍대 앞 카페에서 우연히 만난 재현은 내게 세희가 그 남자의 아이를 낳았고, 지금은 대전에 살고 있다고 말했다. 재현은 대전까지 가서 세희를 만났다고 했다. 우리 곁에서 갑자기 사라진 뒤, 세희가 어떻

게 살았는지 재현이 내게 얘기했다. 재현의 이야기를 다 듣고 나
서 나는 "정말이야?"라고 물었다. 재현이 내 눈을 보며 반문했다.
"왜? 거짓말 같아?"

　왜? 거짓말 같아?
　응, 거짓말 같아.
　뭐가?
　그 모든 일들이. 우리가 사랑했던 순간들이. 지금 우리가 서로
떨어진 거리들이.
　……
　저 하얀 부스러기 같은 첫눈들처럼.
　첫눈들.

　그 첫눈들을 바라보다가 나는 『7번국도』를 처음부터 다시 써보
면 어떨까, 생각했다.

오랜 세월이 흐른 뒤, 알게 된 사실 ·

세희는 아직도 지진의 충격이 가시지 않은 고베 모토마치 3초
메의, 기차에서 내리는 사람들과 배를 타려는 사람들로 항상 북적
대는 그 상점가 거리에서 그다지 멀리 떨어져 있지 않은 한 임대
아파트를 구한 뒤, 일본어 고급과정에 등록했다. 어학과정을 모두
마친 뒤에는 애니메이션을 가르치는 학교에 들어가기로 돼 있었
지만, 웬일인지 포기하고 히데秀라는 카페에서 웨이트리스로 일
하기 시작했다. 사토 씨가 죽기 전까지, 그러니까 그로부터 반 년
뒤까지만 세희는 그 카페에서 일한 것으로 안다. 1995년에 일어
난 대지진으로 고베에서는 육천 명이 넘는 사람들이 목숨을 잃었
다. 세희가 디디고 선 땅을 경계로 죽은 사람들과 산 사람들은 나
뉘어졌다. 죽은 사람들은 땅 밑에 서로 모여 있었고, 산 사람들은
그 땅을 밟으며 서로 소원해지고 있었다. 그건 마치 세희가 늘 귀

를 기울였던 세풀투라의 노래가사에 나오는 상황 같았다. 맞다. 모든 것들을 담은 하나의 슬픈 이미지. 모든 것들은 그처럼 생생하지. 누가 이겼는가? 누가 죽었는가? 남아 있는 것들 아래에. 그러니까, 그 노래처럼. 히데에서는 그저 술을 마시러 온 손님들 사이를 오가며 그들의 고독한 이야기를 들었다. 허세로 가득한 이야기, 자기모멸로 어두운 이야기, 다른 누군가의 삶처럼 말하는 슬픈 이야기…… 거기서 사귄 남자와 밖에서 따로 만나 잠을 잔 적도 있었다. 그럴 때마다 히데의 마마는 어떻게 알았는지 세희에게 그런 식으로 일하면 안 된다고 따끔하게 충고하기도 했다. 그런 식으로. 어쨌거나 그런 식으로 살고 있으면 가끔씩 나고야에 살던, 검버섯이 피어오른 아버지 사토 씨가 찾아와 선플라자나 산노미야, 혹은 대지진의 공격에도 가라앉지 않은 포트 아일랜드가 보이는 식당가로 세희를 데리고 다니면서 밥을 사줬다. 폐허 위에서 그들 이상한 부녀는 이상한 방식으로 서로의 핏줄을 확인했다.

그해의 고베 마츠리는 그 전해에 일어난 지진 때문에 늘 열리던 5월이 아니라 10월에 열렸다. 포트 아일랜드까지 쭉 이어진 플라워로드 위로 살아남은 사람들이 떠들썩하게 퍼레이드를 펼쳤다. 밤에는 바다 위에서 불꽃이 터졌다. 그런 게 바로 삶이었다. 어떤 죽음이 몰아치더라도 삶은 계속되는 것이다. 세희는 살아남은 자들의 퍼레이드를 보면서 많은 걸 배울 수 있었다. 퍼레이드가 지나간 뒤에 사토 씨는 이렇게 말했다.

"사람은 모두 은어와 같은 것이다. 세희야, 넌 아느냐? 동풍이 불고 나면 다시 서풍이 불어온다. 모든 것은 제자리에서 벗어나 다시 제자리로 돌아가는 것이다. 그게 바로 우리의 생이다. 네가 나를 떠났다가 다시 나에게로 돌아온 것처럼 우리가 이 생을 한 번 살아간 뒤에 다시 한번 그 생은 반복된다. 하지만 벗어난 자리도 바로 너의 자리이고, 돌아온 자리도 바로 너의 자리다. 난 이제 곧 죽게 된다. 하지만 이 끝없는 윤회 앞에 도대체 죽음이란 없다. 나는 그저 처음으로 되돌아가는 것일 뿐, 불생불멸, 그 무엇도 없다. 숨결 없이, 그 본성으로 숨쉬는 단 한 가지, 그것 말고는 도대체 아무것도 없다."

사토 씨는 뒤이어 덧붙였다.

"내가 죽거든 너는 한국으로 돌아가라. 거기가 바로 너의 자리다. 네 증오가 얼마나 큰 것인지 나는 잘 알고 있다. 나 또한 원한으로 세상을 살아왔다. 하지만 이제 보니 우리는 모두 인간이다. 인간일 뿐이었다. 증오도, 분노도, 절망도 잠시의 일이었을 뿐이니 누가 진실을 알고 누가 여기서 그것을 입밖으로 내뱉을 수 있겠느냐. 우리가 어디서 태어나서 어디로 가는가를. 나를 원망해서도 안 되고, 세상을 원망해서도 안 된다. 무엇보다도 너는 너 자신을 원망해서는 안 된다. 이제는 네 증오를 풀고 너 자신의 삶을 살아가도록 해라. 누구와도 상관없는 너 자신만의 생을. 그 생은 죽어가는 나와도 아무런 상관이 없는 생이다."

마치 사토 씨의 그 말을 알아듣기 위해서 고급 일본어를 배운 것처럼, 그 순간 세희는 그가 하는 말의 표면은 물론 그 깊은 속까지도 모두 알아들었다. "예, 아버지"라고 세희는 한국어로 대답했다. 그 말이 무슨 뜻인지 알기 위해 사토 씨가 한국어 초급과정을 배울 필요는 없었다. 그 음성은 세희의 입에서 나와 이 세계의 부드러운 부분과 각진 부분과 몽롱한 부분과 또렷한 부분을 모두 거친 뒤에 사토 씨의 귀로 들어갔다. 사토 씨는 편안했다. 그로부터 얼마 지나지 않아 죽음을 맞이할 때까지 그는 편안했다. 세희에게는 사토 씨가 가족 몰래 챙겨둔 돈과 오래전 세희 엄마의 몫으로 사뒀던 집 한 채가 남았다. 사토 씨가 죽고 난 뒤, 세희는 히데에 발길을 끊었다. 하지만 그뒤로도 세희는 고베를 떠나지 않았다. 고베가 세희의 마음에 꼭 들었던 것이다. 죽은 자들의 땅. 어둠이 내리면 세희는 이층 방에서 거리의 불빛을 바라보곤 했다. 세희는 오랫동안 아버지를 그리워했고, 또 그만큼 아버지를 증오했다. 아버지가 없었으므로 이 세상 어디에도 자신이 머물 곳은 없다고 한탄하며 거리를 쏘다녔다. 따뜻한 저녁 불빛에 물든 가족들의 목소리가 들리는 작은 집을 세희는 간절히 원했다. 하지만 그 모든 것들이 환상에 불과하다는 걸 세희는 깨달았다. 거기에는 아무것도 없었다. 정말 아무것도 없었다. 거리의 불빛들을 바라보다가 세희는 한국으로 돌아가기로 결심했다.

한국에 돌아와서 세희는 나에게도 재현에게도 연락하지 않았
다. 세풀투라의 테이프는 고베의 그 이층 방에 버려졌다. 세희가
벌거벗고 세풀투라의 그 노래들을 듣던 모습은 아름다웠다. 하지
만 이제 누구도 그런 모습을 볼 수는 없을 것이다. 영원히.

짜장면을 위한 서곡

나는 단순한 시의 독자이고 싶다. 이 소외되고 타락한 세계에서 나는 우선 세계를 아름답게 보아야 한다는 욕망을 키우고 싶기 때문이다. 그 욕망까지 소외되어 있다고 한다면 그것은 논리이지 삶이 아니다. 나의 삶은 아름다워야 하고 타락한 세계가 개조되어야 하는 것은 그것 때문이다.

— 김현, 『문학과 유토피아』 중에서

사실 이번 휴가의 목적은 있다. 그것을 나는 편의상 '희망'이라고 부를 것이다. 희망이란 말 그대로 욕망에 대한 그리움이 아닌가. 나는 모든 것이 권태롭다. 차라리 나는 내가 철저히 파멸하고 망가져버리는 상태까지 가고 싶었다. 나는 어떤 시에선가 불행하다고 적었다. 일생 몫의 경험을 다 했다고. 도대체 무엇이 더 남아 있단 말인가. 누군가 내 정신을 들여다보면 경악할 것이다. 사막이나 황무지, 그 가운데 띄엄띄엄 놓여 있는 물구덩이. 그렇다, 그 물구덩이는 어디에서 왔을까. 내가 아직 죽음 쪽으로 가지 않고 죽은 듯이 살아 있는 이유를 그 물구덩이에서 볼 수 있을 것 같았다. 어쨌든 희망을 위하여 나는 대구행 첫 차표를 끊은 것이다.

—기형도, 「희망에 지칠 때까지」

마지막으로. 아주 어린 시절에 리처드 브라우티건의 『미국의 송어낚시』를 읽은 뒤, 브라우티건이 그 소설의 마지막을 마요네즈라는 단어로 끝을 낸 것처럼, 나도 짜장면으로 끝이 나는 소설을 꼭! 쓰고 싶었다.

짜장면

사랑하는 세희에게

그동안 잘 지냈니?

우리들, 그러니까 재현이와 나도 잘 지내고 있어. 이곳에서 바라보는 바다는 꽤나 깊어 보이는구나. 이제 우리는 더이상 나아갈 수 없는 곳에 도달했어. 하지만 여기는 땅끝이 아니라 땅의 시작이야. 왜냐하면 우린 새롭게 태어났으니까. 내가 얘기 하나 해줄게. 물론 너도 고양이 킬러에 대해서는 들어본 적이 없겠지?

옛날 어느 마을에 고양이들에게는 가장 두려운 존재인 고양이 킬러가 살고 있었어. 일단 목표물을 정하고 나면 그가 실패할 확률은 제로야. 어쩌다가 그 사람이 고양이 킬러가 됐는지 그 사연을 아는 사람은 없었지. 다만 마을 사람들의 추측대로라면 어린 시절, 칠 년 대기근이 마을을 휩쓸고 지나갈 무렵 굶주림에 지친 고양이떼들에게 가족들이 살을 뜯기며 죽어간 일 때문에 그런 직업을 갖게 됐다고 해. 그의 왼쪽 눈 위로 고양이 발톱 자국이 아직도 남아 있는 것으로 봐서 그 소문이 사실일지도 몰라. 그는 십대 후반에 자신이 발명해낸 특수 고양이 처단기로 지금까지 매일 백 마리가 넘는 고양이들을 죽여왔어. 눈에 보이는 족족 고양이를 처단한 거지.

그의 학살 덕택에 갑작스레 멸종 위기에 처한 고양이들이 회의를 열었어. 의장 고양이가 말했어. "고양이 킬러의 특수 고양이 처단기를 피할 수 있는 방법이 우리에게는 없다. 우리는 무력하다. 우리는 그저 죽을 수밖에 없다." 고양이들이 얼마나 측은한 처지에 놓이게 됐느냐면, 고양이들을 불쌍하게 여긴 생쥐 사절단까지 위문차 그 회의에 참석할 정도였다고 해. 고양이들은 결국 마지막 한 가지 방법에 희망을 걸기로 하지. 그건 바로 매일 죽어가는 숫자만큼 새로운 새끼고양이들을 낳는 일이었어. 그래서 고양이들은 밤마다 서로 사랑을 해. 매일 밤. 낮에도 물론. 오직 사랑만.

하지만 고양이 킬러의 무자비한 복수는 계속됐지. 살아남은 고양이들의 평균연령은 계속되는 살육으로 점점 낮아지기만 했고, 심지어는 태어나자마자 곧바로 새끼를 가지는 경우도 생기게 됐어. 고양이로 태어난다는 건 이제 오직 사랑하기 위해 태어난다는

202

말과 마찬가지가 됐어. 고양이들의 삶은 오직 사랑에만 바쳐졌어. 고양이들이 살육되는 만큼, 꼭 그만큼, 아니, 그보다 더 많은 숫자의 새끼고양이들이 새로 태어났고, 그 고양이들은 서로 사랑했지. 그 사이에 고양이 킬러의 머리칼도 눈이 내린 것처럼 하얗게 변했어. 하루하루 죽이는 고양이의 숫자도 삼십대를 지나오면서 급격히 줄어들어 이제는 하루에 열 마리를 죽일 수 있을까 말까.

그러던 어느 날, 고양이 킬러는 지난 일기장을 쭉 훑어보다가 자신이 열다섯 살 때부터 시작해서 그때까지 총 999,999 마리의 고양이를 죽였다는 사실을 알게 됐어. 한 마리만 더 죽이면 고양이 살육에 있어 신기원을 여는 셈이었지. 하지만 그 사실을 알고 고양이 킬러는 특수 고양이 처단기를 부수고 말아. 이제는 애당초의 복수심은 사라진 채 오직 고양이를 죽이기 위해서 고양이를 죽이는 일을 되풀이하고 있다는 걸 깨닫게 된 거지. 그는 고양이들을 찾아가 자신의 복수는 무의미해졌으니 이제 고양이들에게 복수할 기회를 주겠다고 말하지. 그러자 고양이들이, 이제는 거의 대부분이 아기들인 그 고양이들이 이구동성으로 말하기를,

우리는 복수하기 위해 사랑한 게 아니다. 우리는 단 하나의 희망을 가지기 위해 사랑했다. 희망은 당신과는 아무런 상관이 없는 것이며, 당신의 복수와도 아무런 상관이 없는 것이며, 당신의 운명과도 아무런 상관이 없는 것이다. 지금 당장 지구가 멸망한다고

해도 우리는 그 단 하나의 희망을 위해 서로 사랑할 것이며, 당신이 다시 복수를 시작한다고 해도 그 단 하나의 희망을 위해 서로 사랑할 것이다. 거기 의미가 있다고 해도 우리는 서로 사랑할 것이며, 아무런 의미가 없다고 해도 우리는 서로 사랑할 것이다. 우리는 서로 사랑할 때, 오직 맹목적일 것이다. 서로 사랑했기 때문에 우리는 이렇게 살아남았지만, 당신은 이미 오래전에 죽어버렸다. 복수하고 싶은 마음이 없지는 않으나, 우리가 복수할 대상은 이미 지상에서 사라졌다.

결국 고양이 킬러는 누구에게도 용서받거나 복수당하지 못하고 부서진 특수 고양이 처단기를 들고 어딘가로 사라졌어. 과연 그 고양이 킬러는 어디로 갔을까? 그가 용서를 받으려면 무엇을 해야만 할까? 서울로 돌아가면 이 문제의 해답을 가르쳐줄게. 아마 너도 깜짝 놀라게 될 거야.

이제 이 긴 여행도 끝이 나고 우리는 서울로 돌아가서 할 일들로 마음이 부풀었어. 나는 너와 함께 늙어 죽을 때까지 그 *뒈져버린 7번국도*에 날마다 물을 주기로 했고(바로 그 이유로 죽었는지도 모르는데) 재현이는 드디어 밴드를 결성하기로 했어. 왼쪽 손가락이 잘 움직여줄지는 모르는 일이지. 하지만 재현이는 잘해낼 거야. 늘 말해왔던 대로 밴드 이름은 기형도로 하겠대. 우리 세 명과 밴드 *기형도*와 *뒈져버린 7번국도*는 죽을 때까지 아주아주 행

복하게 살게 될 거야. 우리 이야기도 이렇게 옛날 이야기처럼 행
복하게 끝이 났으면 좋겠는데……
　　그럼 다시 만날 수 있을 때까지, 잘 지내기를

　　—1996년 8월 7일 처음 쓰고 2010년 12월 24일 다시 옮겨적다
　　　　　　　　　　　　　　　　　　　　사랑하는 우리들이

　　추신 : 다음에 언제 한번 나와 7번국도에 갈 기회가 생긴다면
아침 해가 떠오르는 하늘 위로 갈매기가 날고 기차가 달리는, 정
동진역의 그 멋진 풍경을 같이 보자꾸나. 〈모래시계〉의 한 장면이
아니라, 진짜 장면.

덧붙이는 말

여기에 나오는 비틀스의 싱글은 제가 아무리 찾아봤지만 이 세상에는 없었습니다. 혹시 구하느라 시간을 허비하지 마시길. 대신에 그밖의 음반들은 모두 존재합니다. 아울러 아래의 부분들에서 책 속 문장이나 노래가사를 그대로 인용하거나, 변형해서 인용했습니다. 우리말로 옮긴 사람은 저자입니다.

_「7번국도에게」는 클레이턴 엘리엇Clayton Elliott의 「Acheron」이란 단편소설에서 부분적으로 옮겼습니다.

_「뒈져버린 7번국도」에서 나무가 말하는 소리는 장 그르니에의 『섬』에서 부분적으로 고쳐 실었습니다.

_「Route 7」의 도입부에 나오는 영어 가사는 비틀스의 노래 〈Revolution 9〉을 부분적으로 고쳤습니다.

_「세희를 위한 테마」는 세풀투라의 곡 〈Stronger Than Hate〉의 가사를 부분적으로 고쳐 옮겼습니다.

_「그리고 7번국도가 죽다」의 신문기사는 경북일보 이종욱 기자가 쓴 2010년 1월 13일자 기사를 그대로 옮겼습니다.

_「재현이 내게 했던 세 가지 욕설 중 그 세번째」에 실린 네 장의 하늘 사진은 순서대로 조진선, 백원우, 원현정, 김미경 등 네 분이 보내주신 여름하늘 사진입니다. 그밖에 이 책을 위해 언젠가 여름 저마다 올려다본 하늘 사진을 보내준 모든 분들께 감사드립니다.

_「다시 가본 7번국도」에 나오는 문학기행 일정은 한국문학번역원에 근무하는 황용운씨가 2009년 10월 5일 저자에게 보낸 이메일에서 부분적으로 옮겼습니다.

문학동네 장편소설

7번국도 Revisited

ⓒ 김연수 2010

초판 인쇄 | 2010년 12월 17일
초판 발행 | 2010년 12월 24일

지은이 김연수
펴낸이 강병선
책임편집 조연주 | 디자인 윤종윤 유현아
마케팅 신정민 서유경 정소영 강병주 | 온라인 마케팅 이상혁 한민아 정진아
제작 안정숙 서동관 정구현 김애진 | 제작처 한영문화사

펴낸곳 (주)문학동네
출판등록 1993년 10월 22일 제406-2003-000045호
주소 413-756 경기도 파주시 교하읍 문발리 파주출판도시 513-8
전자우편 editor@munhak.com | 대표전화 031)955-8888 | 팩스 031)955-8855
문의전화 031) 955-8890(마케팅) 031) 955-8864(편집)
문학동네카페 http://cafe.naver.com/mhdn

ISBN 978-89-546-1373-6 03810

* 이 책의 판권은 지은이와 문학동네에 있습니다.

  이 책 내용의 전부 또는 일부를 재사용하려면 반드시 양측의 서면 동의를 받아야 합니다.

* 이 도서의 국립중앙도서관 출판시도서목록(CIP)은 e-CIP 홈페이지(http://www.nl.go.kr/ecip)에서

  이용하실 수 있습니다.(CIP제어번호: CIP2010004633)

www.munhak.com